mare

Selja Ahava

Dinge, die vom Himmel fallen

Roman

Aus dem Finnischen von Stefan Moster

mare

Die Übersetzung wurde gefördert von

FILI
FINNISH LITERATURE EXCHANGE

Die Deutsche Nationalbibliothek verzeichnet diese Publikation in der Deutschen Nationalbibliografie; detaillierte bibliografische Daten sind im Internet unter http://dnb.ddb.de abrufbar.

Die Originalausgabe erschien 2015 unter dem Titel *Taivaalta tippuvat asiat* bei Gummerus Publishers, Helsinki.

1. Auflage 2017

Typografie Farnschläder & Mahlstedt, Hamburg
Schrift Guardi LT Std
Druck und Bindung CPI – Clausen & Bosse, Leck
Printed in Germany
ISBN 978-3-86648-242-5

FSC
www.fsc.org
MIX
Papier aus verantwortungsvollen Quellen
FSC® C083411

www.mare.de

EIN ANFANG ist, was selbst nicht mit Notwendigkeit auf etwas anderes folgt, nach dem jedoch natürlicherweise etwas anderes eintritt oder entsteht.

EINE MITTE ist, was sowohl selbst auf etwas anderes folgt als auch etwas anderes nach sich zieht.

EIN ENDE ist umgekehrt, was selbst natürlicherweise auf etwas anderes folgt, und zwar notwendigerweise oder in der Regel, während nach ihm nichts anderes mehr eintritt.

Aristoteles

Wenn ein Haus alt genug ist, hört es auf, so auszusehen, als wäre es von Menschen erbaut worden. Es wird auf die gleiche Art lebendig wie ein bemooster Stein oder ein alter, dicker Baum. Ich stelle mir vor, dass Förstorgård wie ein Pilz aus der Erde gewachsen ist. Zuerst erschien ein steinerner Ring, dann erhob sich darin eine rote Gestalt, die zu den Wänden erstarrte. Im Lauf der Zeit dehnten sich die Balken aus, und das Dach wurde stärker, Moos sprenkelte den steinernen Sockel, und die Farbe der Wände verblasste. So ist Förstorgård entstanden.

Die Eichen und Ahornbäume bilden ein grünes Dach, und der Sand knirscht unter den Reifen. Ein bisschen so, als würde man in eine Zauberwelt hineinfahren oder in einen Zeittunnel. Es gibt einen Schnitt in der Zeit, und dann liegt das Gutshaus vor einem.

»Papa, fahr langsamer!«

An solchen Orten muss man sachte ankommen. Früher kamen die Herrschaften auf Pferden, für die es einen eigenen Stall gab.

Die Schafe meiner Tante stehen vor der Haupttreppe auf dem Rasen der Paradeseite. Es sind acht weiße und drei schwarze. Bei Schafen sagt man schwarz, obwohl man braun meint. So wie man über Fische sagt, dass sie schwimmen, obwohl sie in Wirklichkeit tauchen.

Bruno ist das zahmste von Tantes Schafen. Er sagt böh, wenn ich zu ihm gehe, und stößt seinen Kopf gegen mein Bein. Noch schafft er es nicht, mich umzuwerfen, aber ein erwachsenes Schaf bringt mich mit einem Stoß zu Fall. Schafe haben einen harten Schädel.

Bruno ist zahm, weil ich ihn als Baby mit dem Fläschchen gefüttert habe. Jetzt glaubt er, dass ich seine Mutter bin, und kommt immer an den Zaun und blökt, wenn ich vorbeigehe. Bruno ist schwarz, also braun, und ein Ohr hängt weiter herunter als das andere, weil seine Mutter versucht hat, es ihm abzubeißen. Schafe wissen nicht immer, welches ihr Junges ist, auch wenn es ihnen gerade erst aus dem Po geflutscht ist.

Bruno hatte beschlossen, zu leben, und schnappte nach dem Fläschchen wie ein Raubtier. Die Milch spritzte, die Flasche gluckerte, und Bruno schlürfte und schmatzte. Von oben betrachtet konnte man sehen, wie sein Bauch wuchs und sich mit warmer Milch füllte. Bruno zu füttern war nicht drollig und wäre nichts für ein Kinderbuch gewesen. Wenn man die Flasche hielt, wurden sogar die Hände von der Milch nass gespritzt.

Inzwischen kann Bruno schon Gras fressen.

Heute sehen die Schafe trübselig aus, und keines sagt böh. Sie liegen auf dem Rasen herum, die Beine wohlweislich unter den Bauch gestopft. Sie liegen immer in den gleichen Grüppchen da. Die Braunen sind Freunde, bei den Weißen gibt es zwei verschiedene Gruppen. Sie gucken sich gegenseitig an, als würden sie nicht verstehen, was die anderen da auf der Weide zu suchen haben.

Bei starkem Regen wird ihre Wolle platt, und die Schafe sehen ganz dünn aus. Meine Tante hat mir erzählt, dass ein Schaf untergeht, wenn man es ins Wasser wirft.

Aus dem kleinen Schornstein von Förstorgård steigt Rauch auf, das heißt, dass Tante Annu Feuer in der Küche gemacht hat. Das ist gut, denn sonst ist die Küche so kalt, dass man keine Lust hat, die Jacke auszuziehen.

Ich weiß, dass man sich über die Kälte nicht beschweren darf, wenn man in einem Gutshaus wohnt.

Das Mädchen, das in der Wand begraben wurde

1

»Was denkst du da hinten auf dem Rücksitz?«, fragt mich mein Vater und schaut in den Spiegel.

Ich begegne seinem Blick und antworte: »Nichts.«

Wir kommen an die Teboil-Tankstelle und biegen rechts ab. Das ist die Kreuzung, an der man rechts abbiegt, wenn man nach Förstorgård will, und links, wenn man zum Sägemehlhaus fährt. Neuerdings biegen wir meistens rechts ab.

Die Erwachsenen wollen immer wissen, was die Kinder denken. Aber ich glaube, sie würden sich Sorgen machen, wenn die Kinder es ihnen verraten würden. Wenn man zum Beispiel drei Jahre alt ist und ein starker Wind weht, sollte man nicht auf den Horizont starren und sagen: »Ich frage mich gerade, wie der Wind entsteht.« Man sollte lieber erklären, dass man Hubschrauber spielt. Und wenn man fünf ist, sollte man sich nicht zu sehr nach dem Tod und nach Fossilien erkundigen, denn die Erwachsenen wollen nicht über den Tod nachdenken und auch nicht über das Altern von Märchenfiguren oder darüber, wie Jesus am Kreuz starb. Als ich klein war, glaubte ich, die Oma meiner Mutter sei ein Fossil geworden, weil sie vor so langer Zeit gestorben war. Aber heute weiß ich, dass ein Fossil ein Farn, eine Schnecke oder ein Dinosaurier sein kann, aber keine Oma und kein Mensch.

Die Erwachsenen glauben also, dass das Kind auf dem Rücksitz die entgegenkommenden Laster oder die Buchstaben auf den Straßenschildern zählt oder dass es spielt, seine Finger seien Prinzessinnen, aber in Wirklichkeit kann es sein, dass das Kind zum Beispiel über die Umrisse eines Erwachsenen oder über die Zeit nachdenkt.

Ich denke viel über die Zeit nach. Ich habe graue Zellen im Gehirn, wie Hercule Poirot. Mit denen denke ich darüber nach, wie die Zeit vergeht und Wunden heilt. Die Erwachsenen sagen, die Zeit heilt alle Wunden, und damit ist gemeint, dass die Zeit vergeht und sich deswegen alles, was passiert, in Gedanken verwandelt und man sich immer schlechter daran erinnern kann. Wenn man sich dann nur noch ganz schlecht erinnert, ist die Wunde verheilt.

Aber ich will mich nicht schlecht an meine Mutter erinnern können. Ich will mich richtig an sie erinnern, ohne Flugzeug, ohne Eissplitter, ohne Loch in der Veranda. So wie sie normalerweise war.

MAMA NORMALERWEISE. Mama läuft in Fellpantoffeln und Papas großem Pullover herum. Sie baut mir ein Nest in einer Ecke der Couch. Sie packt mich in eine Decke und geht erst dann in den Schuppen, Holz holen. Mama zieht mir vor dem Ofen die Kleider an. Zuerst öffnet sie die Ofenklappen, wärmt die Kleider dicht an den Flammen und schüttelt die Kälte aus ihnen heraus. Dann zieht sie mich aus und wieder an, so schnell es geht. Mama schiebt Schnee mit einer blauen Mütze auf dem Kopf und taut ihre Hände an einer Teetasse auf.

So ist Mama normalerweise.

Mein Vater sagt, es ist Scheißdreck, dass die Zeit alle Wunden heilt. Seiner Meinung nach sagen das nur Leute, die von nichts eine Ahnung haben und noch nie etwas Schlimmes aushalten mussten. Und meine grauen Zellen denken, dass mein Vater vielleicht recht hat, denn bis jetzt ist jedenfalls noch nichts geheilt worden, obwohl die Sommerferien schon angefangen haben.

Also sitze ich auf der Rückbank und sage »Nichts« und denke an die heilende Kraft der Zeit und beschließe, mich sicherheitshalber jeden Tag an meine Mutter zu erinnern, bevor die Zeit zu viel heilt.

Die Wischer fegen über die Scheibe, und wegen unserer feuchten Kleider bildet sich Nebel auf dem Glas. Mein Vater fährt mit vollem Tempo in eine Pfütze, es gefällt ihm, wenn das Wasser hochspritzt.

Es regnet.

Neuerdings regnet es jeden Tag. In der Schule sagt die Lehrerin, he, wir sind doch nicht aus Zucker. Wir ziehen Regenhosen, Regenjacken und Gummistiefel an und gehen nach draußen. Ich denke an die Zuckerkinder, die im Regen zerlaufen. Nur klebrige, süße Regenkleidung bleibt auf dem Schulhof liegen.

Im Sägemehlhaus hatte mein Vater immer Angst, das Dach könnte undicht sein und der Dachstuhl morsch und plötzlich wäre alles zu spät. Meine Mutter sagte, mein Vater ist dramatisch, weil er aus einer Mücke einen Elefanten macht.

Aber neuerdings ist alles groß wie ein Elefant. Und mein Vater bemerkt den Regen wahrscheinlich nicht einmal. Neuerdings kann es passieren, dass mein Vater im Regen Äste von den Bäumen sägt und dabei klitschnass wird, aber sogar meine Tante sagt dann nur: »Soll er sich ein bisschen abreagieren.«

Neuerdings werde ich jeden Tag mit dem Auto abgeholt. Als wir noch im Sägemehlhaus wohnten, holte mich meine

Mutter nur von der Schule ab, wenn es regnete. Nach der Arbeit roch sie nach Zigaretten. Sie hatte Stecknadeln am Kragen, Farbe an den Fingern und die Haare zu einem Arbeitsdutt eingedreht.

MAMA BEI DER ARBEIT. Der Arbeitsplatz meiner Mutter liegt unter der Erde. Dort riecht es nach Staub, Zigaretten und alten Kleidern, und vom Boden bis zur Decke ist alles voller Zeug. Mama hat eine große goldene Schere, mit der sie Stoff zurechtschneidet, und am Handgelenk ein Samtkissen voller Stecknadeln. Sie hat einen langen Fingernagel, mit dem sie energisch die Falten im Stoff glatt zieht. In ihrem Arbeitsdutt steckt ein Stift. Ihre Schere darf niemand verlegen. Über Nacht hängt Mama die Schere an einen Haken.

So ist Mama bei der Arbeit.

2

Schließlich biegt das Auto in die Förstorgård-Allee ein. Ich höre auf zu denken und ziehe eine weiße Linie um die einzelnen Teilchen meiner Mutter herum. Wenn ich die Gedanken an der weißen Linie stoppe, kann ich später an derselben Stelle weitermachen.

Ich liebe die Allee. Man biegt ab und hat plötzlich die uralte, schnurgerade, von Bäumen gesäumte Straße vor sich. Der Samtvorhang geht auf, das Licht ändert sich, Musik setzt ein. Es ist Geigenmusik. Ein Pferdegespann prescht dahin, der Mantel des Kutschers flattert. Am Ende der Straße steht Förstorgård.

3 Als ich sechs war, hatte Tante Annu einmal sieben Richtige. Im Lotto war der Original-Doppel-Jackpot zu gewinnen, was so viel Geld ist, dass man es schwer erklären kann. Es ist mehr, als es im Brettspiel *Der Stern von Afrika* gibt, die Rubine und alle Scheine zusammengezählt, und wenn man ihn gewinnt, muss man sich über alles ein paar neue Gedanken machen. Zum Beispiel, ob man gern zur Arbeit geht oder ob man immer noch *Der Stern von Afrika* spielen will. Oder ob man in einem anderen Haus wohnen oder Reitstunden nehmen oder Diamanten kaufen will. Man muss überlegen, was im Leben wichtig ist. Eigentlich ist es die Familie, aber die hat nichts mit Geld zu tun. Außerdem hat Annu keine Familie, weil sie keine Kinder hat. Vor Räubern muss man auch auf der Hut sein. Ins Weltall kommt man nicht unbedingt, selbst wenn man im Lotto gewonnen hat, und Glück kann man nicht mit Geld kaufen, und es kommen auch keine Diener ins Haus.

Wir sind zu Tante Annu gefahren, um anlässlich des Doppel-Jackpots mit ihr Kaffee zu trinken, und im Auto haben meine Mutter und mein Vater mir erklärt, dass der Lottogewinn ein Geheimnis ist, das man nicht im Kindergarten, bei Freunden, im Geschäft oder im Bus ausplaudern darf. Nur wir wissen davon, und darum hat Annu jetzt eine Torte gebacken, und wir feiern ein heimliches Fest. Ich mag Feste, Geheimnisse und Torten.

MAMA, WENN SIE VORNEHM IST. Mama hat ein Kleid aus Seide, silbern und schwarz. Sie ragt weit in die Höhe, denn sie trägt Schuhe mit Absätzen. Ihr Haar kringelt sich nach oben, als hätte eine Eismaschine es aufgewirbelt. Papa schaut Mama an und lächelt, auch er streckt die Brust heraus, weil er versucht, so groß wie Mama zu sein. Es klimpert an Mamas Handgelenk, und es sieht aus, als wüssten ihre Hände nicht, was sie tun sollen, weil sie keine Haarsträhnen aus dem Gesicht streichen können.

So ist Mama, wenn sie vornehm ist.

Ich war gespannt, wie die Tante jetzt aussieht, aber sie sah genauso aus wie immer, außer dass sie wieder rote Haare hatte. Tante Annu ging nur zum Friseur, wenn sie ein Stipendium bekommen oder einen Wandteppich verkauft hatte, der groß genug war, dazwischen ließ sie ihre Haare einfach wachsen. Sie war eine große und starke Frau, auch wenn sie manchmal zu schüchtern war, um anderen in die Augen zu schauen, und sie sprach leise, obwohl sie die Hände eines Mannes hatte. Seife, Wasser und Textilstaub machten ihre Hände rau und rot, und manchmal waren sie so trocken, dass sie an den Knöcheln wund wurden. Es waren Bärenpranken, sogar zwischen den Fingern konnte man Muskeln sehen.

Wir drängten uns in Tante Annus Wohnung, die nur ein Zimmer hatte und eine im Schrank versteckte Küche. Der Flur war so klein und voller Jacken und Schuhe, dass man im Gänsemarsch hineingehen musste, und Tante Annu wich in die offene Toilettentür aus, damit die Gäste vorbeikamen. Wir warfen unsere Jacken auf die Kommode, und damit war fast der ganze Flur verstopft.

Mein Vater, meine Mutter und Tante Annu umarmten sich und seufzten, oho, so was, tja, huhu, was soll man da sagen.

»Wo ist die Jackpot-Torte?«, fragte ich, und Tante Annu zwinkerte mir zu und führte mich ins Zimmer.

Ihr Pult war mitten ins Zimmer gerückt worden. Darauf lag eine große Platte mit einem Tischtuch, auf dem Kaffeetassen, Teller und die tollste Torte der Welt standen. Es war eine Weiße-Schokolade-Himbeer-Sahnetorte, die obendrauf mit Schokolinsen, Lakritzrollen, Himbeergummi, Weintrauben, Pralinen, Gummibärchen, Popcorn und Schaumherzen verziert war. In der Mitte steckten ein Regenschirm aus Papier, ein glitzernder Wedel, eine Marzipanrose und eine Kerze. Als ich die Torte sah, begriff ich, dass ein Doppel-Jackpot wirklich etwas Besonderes war. Auch meine Mutter lachte so sehr, dass ihr die Tränen kamen. Aber meine Tante hatte wahrscheinlich schon genug gelacht, denn sie stellte bloß Klappstühle für meinen Vater und meine Mutter hin und schnaubte leise.

Der Lottogewinn war nirgendwo zu sehen.

»Der ist nicht nach Hause geschickt worden«, erklärte Tante Annu, »sondern direkt auf die Bank.«

»Würde er in dieses Zimmer passen?«

»Da bin ich mir nicht sicher.«

»Hast du ihn denn nie gesehen?«

Die Tante schüttelte den Kopf und faltete ihre großen, leeren Hände. Dann hob sie die Schultern und senkte sie wieder.

»Würde er in die Badewanne passen?«

»Vielleicht wäre es wirklich eine gute Idee gewesen, einmal zu schauen, wie er aussieht«, sagte Tante Annu.

Mein Vater machte eine Flasche Sekt auf, und ich durfte mir gelbe Limo und Cola mischen, ohne dass sich ein Erwachsener beschwerte.

»Na dann, herzlichen Glückwunsch, du Millionärin!«, sagte mein Vater, und wir stießen mit den Gläsern an.

»Tja, nee. Was soll man da sagen?«, sagte die Tante. »Jetzt kann ich jedenfalls zum Zahnarzt und zum Gynäkologen gehen!«

Und wieder lachten die Erwachsenen und wischten sich die Augen. Dann nahm meine Tante den Tortenheber und sagte: »Entscheide du, Saara, wo angeschnitten wird.« Und ich entschied mich für die Gummibärchen, das Popcorn und die Marzipanrose.

Tante Annu machte sich über alles ein paar Gedanken und beschloss, mit dem Lottogeld einen Gutshof in der Nähe des Sägemehlhauses zu kaufen. Er war hellrot angestrichen und alt, und Tante Annu hatte ihn immer jenseits der Felder stehen sehen, wenn sie zu uns gefahren war. Er hieß Storgård, was so viel bedeutet wie *Großes Gut*, aber mein Vater nannte ihn Förstorgård, was so viel heißt wie *Zu großes Gut*, weil er so groß und meine Tante so klein war und weil kein Mensch fünfzehn Schlafzimmer braucht. Bald benutzten auch alle anderen diesen Namen für das Haus.

Förstorgård hatte zwanzig Jahre lang leer gestanden. Davor war ein Büro darin untergebracht gewesen, davor irgendein Lager, davor eine Sommerkolonie für Kinder, davor war der Krieg gewesen und die Geburtsabteilung der Klinik auf der Flucht vor den Bomben nach Förstorgård gekommen. Davor waren die Möbel des Guts verkauft worden, und davor hatte Frau Gyllenhök auf Förstorgård gewohnt, deren Großvater den Gutshof im Jahr 1877 für seine Familie erbaut hatte.

Tante Annu zog aus ihrer Wohnung aus und wurde Gutsfrau. Ihr gesamtes altes Zuhause hätte samt Wänden, Klo und Schränken ins blaue Zimmer des Gutshauses gepasst, und als die Möbel meiner Tante gebracht wurden, standen sie hoffnungslos klein, zerbrechlich und schäbig in einer Ecke der Eingangshalle.

Der alte Geschirrschrank aus Holz war das einzige Möbelstück, das zu Förstorgård passte. Schwer und dunkel hatte er in der Einzimmerwohnung der Tante gestanden, hinter der Tür eingezwängt, man hatte ihn gar nicht richtig aufmachen können. Aber auch dort in der Ecke war es dem Geschirrschrank gelungen, so auszusehen, als wäre er das einzige echte Möbelstück in der Wohnung. Als er jetzt in den Saal getragen wurde, blähte er die Brust, streckte die Kanten und ließ seine Verzierungen blühen.

Ich liebte die tschechoslowakischen Kaffeetassen meiner Tante. Jede war anders, aber trotzdem passten sie zusammen. Es waren Rosen in verschiedenen Farben darauf, Landschaften, Goldschnörkel und zarte Gräser, rostfarbene Herzen und grüne Dreiecke. Sie hingen an den Tassenhaken im Geschirrschrank, und die dazugehörigen Untertassen standen darunter.

War es Zeit zum Kaffeetrinken, ließ Tante Annu mich den Tisch decken und die Tassen aussuchen. Normalerweise suchte ich für mich eine mit Rosen aus oder einem Kreis von Mädchen in Tracht, für meine Mutter Bärentatzen oder Veilchen, für meinen Vater goldene Bäume oder hellblaue Segelboote und für Tante Annu eine besonders große, auf der ein Mädchen mit Käppchen ein Bambi füttert.

Das Gutshaus Förstorgård hatte einen dicken Sockel aus Stein, eine große Treppe, die durch eine Glasveranda führte, zwei Säulen vor der Tür und einen Turm. Es war massiv wie eine Eiche. Durch drei Luken konnte man in den Sockel kriechen, aber weil es darin keine Fenster gab, war es stockfinster. Vor dem Gutshaus lag eine runde Rasenfläche. Das war der Paradeplatz, zu dem die Allee führte. Oben im Turm auf der Südseite gab es ein kleines Sommerzimmer, zu dem eine Wendeltreppe hinaufführte. Vom Sommerzimmer aus hatte man Aussicht in alle Himmelsrichtungen, und Tante Annu stellte das Bett mitten in den Raum. Das Bett musste in zwei Teilen an Seilen durchs Fenster gehievt werden, denn die Wendeltreppe war zu eng dafür. Dort oben im Turm schlief die Tante dann, bis die Nächte zu kalt wurden.

Im Erdgeschoss gab es fünf Zimmer und eine Küche. Sie waren nach Farben benannt: die rote Eingangshalle sowie das blaue, das grüne, das lila und das gelbe Zimmer. Im ersten Stock befanden sich die Bibliothek und fünfzehn kleine Schlafzimmer. In den Schlafzimmern standen Krankenhausbetten aus Metall und kleine Öfen aus der Kriegszeit, aber ansonsten waren sie leer. In der Bibliothek gab es gar keine Bücher, doch auf dem Dachboden stand ein großer, alter Bücherschrank, den Annu, mein Vater und meine Mutter zu dritt in die Bibliothek zurücktrugen. Das Sofa, die Sessel und den Rauchtisch kaufte meine Tante später bei einer Versteigerung.

Sobald sie aufs Gut gezogen war, kaufte Tante Annu eine Herde Schafe. Für diese wurde auf dem Paradeplatz eine Weide eingezäunt, und weil die Pumpe des Springbrunnens, der mitten darauf stand, kaputt war, wurde das Becken jetzt zur Tränke für die Schafe. Die Schafe waren der Rasenmäher meiner Tante. Wenn nötig, wurde der Weidenzaun auf eine andere Seite des Hauses versetzt.

Förstorgård atmete. Es gab genug Platz für alles, alles passte zusammen, und alle Türen ließen sich öffnen. Die Zimmer sahen auch ohne Möbel gemütlich aus, aber hin und wieder kaufte die Tante etwas, zum Beispiel einen Kronleuchter.

Als der Winter kam, ergaben sich die Holzwände langsam der Kälte. Die Fenster liefen an, obwohl Flechten zwischen den Scheiben lagen. Es war kalt im Gutshaus. Die Tante schloss die Türen der meisten Zimmer und zog sich zum Wohnen in eine Ecke im Erdgeschoss zurück, weil sie nicht das ganze Haus heizen wollte. Sie richtete sich im gelben Zimmer ihr Winterquartier ein und wohnte nur dort und in der Küche. Durch die Küchentür betrat man das Haus. Die rote Eingangshalle, die übrigen Räume im Erdgeschoss und der erste Stock blieben kalt. Tante Annu stopfte die Türritzen mit Wolle aus und verschloss die Fugen mit Klebeband. Zum Schluss hängte sie Decken und alte Steppbetten vor die Türen und trug alle Teppiche ins gelbe Zimmer.

Die Leute sagten, die Tante ist verrückt, weil sie im Winter in so einem Haus ohne anständige Heizung wohnt. Die soll sich eine Heizung einbauen lassen oder wenigstens einen Hausmeister zum Schneeräumen einstellen, die hat doch Geld wie Heu! Aber meine Tante mochte es, den Kachelofen zu heizen, und behauptete, es ist praktisch, wenn man die Milch einfach auf dem Fußboden kalt stellen kann.

Im Frühjahr knackste und krachte es im Gutshaus. Die Wärme weckte die Balken auf und brachte den Blutkreislauf des Hauses zum Zirkulieren. Die ganze Zeit hörte es sich an, als würde jemand umhergehen. Tante Annu machte das keine Angst. Förstorgård dehnt und streckt sich bloß ein bisschen, sagte sie. Das Knacksen und Krachen dauerte so lange, bis die Wärme sich im ganzen Gebälk ausgebreitet hatte. Dann kam das Gutshaus zur Ruhe, und die überzähligen Schritte im ersten Stock verstummten.

Wenn ein Haus jung ist, muss man sich darum kümmern, ein bisschen wie um ein Kind. Man muss es gerade richten, flicken, pflegen und in Ordnung halten. Aber wenn ein Haus zum Beispiel zweihundert Jahre alt ist, kommt es allein zurecht. Alles, was morsch werden sollte, ist schon morsch geworden. Alles, was absinken oder platzen sollte, ist schon abgesunken und geplatzt. In einem alten Haus muss man schicklich wohnen. Das bedeutet, dass man so wohnen muss, wie früher in dem Haus gewohnt worden ist.

Förstorgård war behäbig und alt. Seine Balken hingen den Jahreszeiten hinterher, ein bisschen so, wie das Meer die Wetterlagen an der Küste ausgleicht. Es wurde November, bis die Balken im Gutshaus die ganze Wärme des Sommers wieder hergegeben hatten, und es dauerte bis weit in den Juli hinein, bevor sich in den Zimmern die Hitze staute. Tante Annu passte sich dem Rhythmus des Gutshauses an. Sie zog sich einen Pullover über und wurde langsamer. Sie fuhr einmal die Woche zum Einkaufen, redete einmal am Tag mit den Schafen, trank um elf Uhr eine Tasse Kakao, ging nach dem Kakao einmal durch alle Zimmer im Erdgeschoss und blieb in jedem kurz stehen. Sie genoss den leeren Raum und vermisste die Möbel nicht. Jetzt musste sie nicht mehr in die Toilettentür ausweichen, wenn jemand zu Besuch kam.

4

Wir durften helfen, als Tante Annu nach Förstorgård zog und Gutsherrin wurde. Obwohl niemand auszog, trugen wir mehr Dinge von drinnen nach draußen als von draußen nach drinnen.

Alle Sachen von Tante Annu passten in einen einzigen Lieferwagen. Aber aus dem Gutshaus wurden sämtliche Möbel hinausgeschafft, die zum Büro, zur Kinderkolonie oder zum Lager gehört hatten, und von denen gab es eine Menge. Das Einzige, was Annu aufhob, waren die Krankenhausbetten im ersten Stock. In jedem Schlafzimmer standen ein oder zwei Metallbetten auf Rädern, deren Seiten man nach oben ziehen konnte. Meinem Vater graute vor den Betten, weil man ihm den Blinddarm operiert hatte, als er neun war, aber Tante Annu fand, dass sie Charme hatten.

Am Abend des Umzugstages flüsterte mir Tante Annu zu: »Komm mal mit, Saara, ich zeige dir was.«

Wir stiegen die Treppe zum ersten Stock hinauf, in die Halle, von der nach beiden Seiten Flure abgingen. Wir nahmen den Westflur, und die Tante öffnete eine Tür.

Dahinter lag ein leeres Schlafzimmer, in dem ein Bett und zwei alte Holzstühle standen. Vom Fenster aus blickte man auf den Rasen vor dem Haus und auf den Springbrunnen, auf den Lieferwagen und auf einen Stapel Kartons. Aber die Tante steuerte auf die linke Wand zu.

»Schau«, sagte sie, griff nach der Ecke der mittleren Platte in der Wandverkleidung und zog daran.

»Eine Geheimtür!«, hauchte ich.

Tatsächlich öffnete sich die Wandverkleidung, ohne das

geringste Knarren von sich zu geben. Da hätte sogar Hercule Poirot die Augenbrauen gehoben. Hinter der Geheimtür lag ein kleiner Raum, in den nur ein Mensch hineinpasste. Die Tante ließ mich ausprobieren, wie man die Tür öffnete. Mit den Fingern konnte man am oberen Rand der Leiste einen Zapfen ertasten, den man nach links schieben musste. Dann spürte man ein leichtes Knacken, und die Verkleidung ging auf.

Wir betraten das Geheimzimmer. Meine Tante hatte zwei Samtkissen und einen aus Wolle gewebten Teppich auf den Boden gelegt, sodass man es sich bequem machen konnte. In der hinteren Wand befand sich ein kleines Fenster. Es ließ nicht viel Licht ein, weil davor Wilder Wein wuchs.

»Von außen sieht man nur den Wilden Wein«, sagte meine Tante.

Ich war noch nie in einem echten Geheimzimmer gewesen. Ich war auch noch nie in einem Gutshaus gewesen, und jetzt war meine Tante plötzlich in ein Märchenschloss gezogen.

Weil das Geheimzimmer der richtige Ort zu sein schien, um über geheime Dinge zu sprechen, solche, über die man nicht im Kindergarten, nicht im Bus und nicht bei Freunden reden durfte, beschloss ich, Tante Annu etwas zu fragen.

»Tante, woher wusstest du die Zahlen für den Doppel-Jackpot?«

Sicherheitshalber fragte ich es ganz leise. Tante Annu nickte, überlegte kurz und schaute mir dann in die Augen:

»Es war Zufall.«

»Warum darf man es dann niemandem erzählen, wenn es Zufall war?«

»Gerade darum«, sagte Tante Annu. »Man kann es so schwer erklären.«

Wir lauschten auf die Geräusche im Erdgeschoss. Meine Mutter spülte in der Küche Geschirr, und mein Vater hantierte mit den Kartons, die er in der Halle stapelte. Im Gutshaus gab es mehr Geräusche als im Mietshaus, weil die Tante erlaubt hatte, auch drinnen die Schuhe anzubehalten – wegen des Umzugs, aber auch, weil die Böden so kalt waren und sich von der Treppe Splitter lösten.

»Saara! Saara! Wir brechen bald auf!« Die Stimme meiner Mutter schallte den Kamin hinauf in den Schlafzimmerofen. Ich schaute Tante Annu an, und sie nickte, zum Zeichen, dass wir wieder nach unten müssten. Lautlos verließen wir das Geheimzimmer und verschlossen die Wandverkleidung.

»Bleibt das Geheimzimmer unser ganz eigenes Geheimnis?«, flüsterte ich Annu zu.

»Einverstanden«, antwortete sie.

Dann gingen wir nach unten. Den ganzen Abend über fühlte ich mich toll, weil ich jetzt eine Gutsherrin als Tante hatte und weil nur ich wusste, dass es in der Wand des Gutshauses ein Geheimzimmer gab.

5

MAMA, WENN SIE NACKIG IST. Zwischen Mamas Beinen sieht man Licht, wenn sie heißes Wasser aus dem Kessel in der Sauna schöpft. Sie hat lange Beine, und ihre Knie knacken jedes Mal, wenn sie sich bückt. Mama hat an den Beinen keine Haare, im Gegensatz zu Tante Annu.

Mama schmort auf der Saunapritsche und riecht nach Kokosnuss. Sie hat Kokosnussöl in den Haaren unterm Handtuch. Ihr Rücken ist gebogen, und sie bewegt das Gelenk des Beins, das in der Luft hängt, im Kreis, immer im Kreis. Ich spiele Gitarre auf den Falten an Mamas Bauch und mache dazu Töne: »Blom, blom, blom, blim!«

Über Mamas Bauch läuft eine lange Narbe. Dort bin ich herausgekommen.

So ist Mama, wenn sie nackig ist.

Im Sägemehlhaus ging mein Vater allein in die Sauna, weil ihm dann das Atmen leichter fiel. Meine Mutter redete in der Sauna zu viel und über zu viele ernste Themen, und sie vergaß zu fragen, bevor sie einen Aufguss machte. Sie goss mit Schwung drei Kellen Wasser auf einmal auf den Ofen und rannte dann in den Schnee hinaus. So etwas ertrug mein Vater nicht.

Als wir einmal zu zweit auf der Pritsche saßen, versuchte ich, die Brüste meiner Mutter zu berühren. Da gab sie mir einen Klaps auf die Hand.

»Ich hab sie als Baby doch auch angefasst.«

»Das ist was anderes«, antwortete sie.

»Nur ein Mal«, bettelte ich.

»Nein.«

Die eine Brustwarze hing nach unten, weil ich als Baby zu fest daran gesaugt hatte. Die andere war ganz normal.

6 Die Zeit vergeht, und Mama bewegt sich rückwärts. Man sieht ihre Hose und ihr langes, glattes Haar. Der Wind lässt es flattern, und die eine Hand stützt die andere mit der Zigarette. So steht meine Mutter da und rückt weiter in die Ferne.

Wenn sich meine Mutter übers Bett beugt, rutscht die Zigarette hinter ihrem Ohr nach vorn und trifft mich samt den Küssen im Gesicht. Wenn ich sage, meine Mutter *beugt* sich übers Bett, ist sie hier bei mir. Wenn ich sage, sie *beugte* sich übers Bett, bewegt sie sich schon weg. Mein Vater redet nicht über sie, weil er es nicht schafft zu sagen, sie beugte sich übers Bett. Er kann über Mama nicht in der Vergangenheit sprechen. Manchmal fängt er einen Satz mit ihrem Namen an, lässt ihn dann aber einfach unfertig in der Luft hängen.

Mama ist unfertig geblieben.

Allerdings redet mein Vater über ihre Sachen, weil diese weiterhin existieren. »Hanneles Ski sind im Keller«, sagt er mit ganz normaler Stimme. »Das sind die Schränke, die Hannele gestrichen hat. Daneben stehen Hanneles Stiefel.«

Man kann um einen echten Menschen herum eine Linie ziehen, so wie Poirot es tut, wenn eine Leiche auf dem Boden liegt. Der Tod ist leichter zu verstehen, wenn er Ellbogen und Kniekehle und seinen Platz auf dem Fußboden hat. Und wenn der Tote weggetragen wird, bleibt die weiße Linie zurück, innerhalb derer niemand mehr liegt. Ein bisschen wie bei einem Lottogewinn, den man leichter begreifen könnte, wenn er ein Haufen Geld wäre. Aber Erinnerungen haben keinen Körper.

Im Film werden die Erinnerungen in Schwarz-Weiß gezeigt.

Man lässt den verstorbenen Menschen am Straßenrand zurück, das Auto fährt davon, und durch die Heckscheibe sieht man, wie der Mensch immer kleiner wird und schließlich ganz verschwindet. So wird im Film gestorben.

Aber in echt sieht es nicht so aus. Die Zeit macht meine Mutter nicht kleiner, und die Farben verblassen auch nicht. Meine Mutter zerplatzt einfach in tausend Teilchen, die immer noch in der Luft schweben. Alle Teilchen sind klar zu erkennen, die Haare, die Finger, das schallende Lachen, die Furchen der Haut und die Nasenlöcher, die knackenden Knie, das Magenknurren. Aber Mama selbst fehlt.

7

»Alles ist friedlich, die Sonne scheint, und das Meer ist anmutig blau. Aber Sie vergessen, mon ami, das Böse lebt stets unter uns. Und diese gewisse Person, dieser Mörder, dieses hartherzige Wesen, war besonders heimtückisch. Er schlich sich in die Bibliothek, nachdem die anderen schlafen gegangen waren, wartete hinter der Tür, bis der Diener das Geschirr abgeräumt hatte, wartete ab, bis Monsieur Bowles zurückkehrte, und rammte diesem dann kaltblütig den Dolch in den Rücken. Danach versteckte er den Dolch in dem Mantel, den er zuvor im Zimmer bereitgelegt hatte, und entfernte sich. Denn er wusste, wenn er am nächsten Morgen zurückkommen würde,

würde man ihn gleich als Ersten herbeirufen! Doktor, oder sollte man Ihren wirklichen Namen verwenden, Sie unglücklicher, verbitterter Waisenknabe, der Sie schon in jungen Jahren Rache geschworen haben und nun Herrn Bowles ermordeten, Sie haben es so inszeniert, dass alles auf Herrn Parker hindeutete, und alle glauben gemacht, Sie seien ein echter Arzt. Aber Hercule Poirot täuschen Sie nicht!«

Jeden Sonntag saßen wir vor dem Fernseher, mein Vater, meine Mutter und ich, und schauten *Hercule Poirot*. Eigentlich war es zu spannend für Kinder, aber bei uns gab es nicht so strenge Regeln wie bei meinen Freunden, weil mein Vater als Kind im Ausland gelebt hat und es bei meiner Mutter daheim nur die eine Regel gegeben hat, dass man sich nicht im Wald verirren darf.

Hercule Poirot war die einzige Sendung, die wir alle drei mochten. Meinem Vater gefielen die Landschaften, weil England das Land war, in dem er und Tante Annu als Kinder gelebt hatten. Meine Mutter wollte raten, wer der Mörder war, und riet absichtlich falsch und dachte sich ganz und gar hanebüchene Geschichten aus, und ich liebte die Schlussszene, in der sich alles aufklärt.

Hercule Poirot rennt nicht und schießt nicht. Trotzdem gewinnt er. Er erinnert sich an die kleinsten Einzelheiten, die den anderen entgehen. Diese Einzelheiten kann er im Kopf zu einem Bild vergrößern, er kann sie in Verbindung zueinander bringen und sie hin und her schieben, und am Ende füllt er die Lücken, die dazwischen geblieben sind. So weiß Hercule Poirot am Ende, wer der Mörder ist.

Die Schlussszene ist immer gleich: »*Bon*, es ist an der Zeit, die Wahrheit zu enthüllen. Gehen wir, Hastings«, sagt Poirot und wirft seinem Freund einen ernsten Blick zu. Und jedes Mal scheint Hastings perplex zu sein.

Meine Mutter rief: »Parker! Es war dieser Parker!«

Mein Vater und ich machten psst, damit sie still war.

Alle Gäste werden in einen Raum gerufen, normalerweise in die Bibliothek oder ins Wohnzimmer. Die Anzahl ist immer genau richtig. Nicht zu viele, denn dann würden sie nicht alle gleichzeitig in ein Zimmer passen und die Schlussszene wäre im Eimer. Und nicht zu wenige, denn dann wäre es zu leicht, den Mörder zu erraten.

Die Gäste haben immer Geheimnisse, von denen manche mit dem Mord zu tun haben, andere aber nicht. Und alles geschieht immer an einem Ort, zum Beispiel auf einem Gutshof, in einem Zug oder in einem kleinen Dorf. Hercule Poirot hätte keine Lust, in einer großen Stadt herumzurennen.

Dann beginnt Hercule Poirot mit seiner Schlussrede. Punkt für Punkt enthüllt er, wie alles vor sich gegangen ist.

Manchmal versucht der Mörder zu fliehen, manchmal weint er oder fängt an, wütend zu schreien, manchmal legt er seine Verkleidung ab, aber am Ende wird er immer gefasst. Die Gäste sitzen in ihren Sesseln und beobachten entsetzt, wie der Mörder abgeführt wird. *»Oui, bien sûr,* Mademoiselle. *Hercule Poirot weiß alles«*, versichert Poirot und tätschelt einer jungen Frau die Hand. *»Und jetzt wollen wir ein Glas Johannisbeersaft trinken. Frau Parker hat ihn als den besten in ganz England gepriesen.«*

»Parker wäre viel besser gewesen«, sagte meine Mutter.

»Das ist bestimmt in Cornwall gedreht worden«, sagte mein Vater.

Ich schwieg zufrieden, denn es war wieder einmal alles aufgelöst worden. Die Lügen waren aufgedeckt worden, die Vorführung war zu Ende. Für alle Gegenstände und Vorkommnisse gab es eine Erklärung, und jede Person hatte ihren Zweck erfüllt. Nichts blieb übrig.

MAMAS FINGER UND ZEHEN. Mama hat lange, trockene Finger, die nach Zigaretten riechen. Ihre Nägel sind oval, und der Daumennagel wellt sich. Ihre Finger stecken in den Ärmeln, wenn ihr kalt ist, und in den Haaren, wenn sie nachdenkt. Ihre großen Zehen sind schief. Im Sommer trägt sie Flipflops und malt sich die Zehennägel blutrot an.

»Seht nur, Mama sind die Zehen abgeschnitten worden«, sagt mein Vater, aber das ist nur ein Witz.

So sind Mamas Finger und Zehen.

8

Früher wohnten wir im Sägemehlhaus. Das war unser Zuhause. Es war gelb und weiß und hatte ein rotes Dach. Meine Mutter und mein Vater hatten das Sägemehlhaus gekauft, als ich ein Baby war. Es gab darin einen ersten Stock, ein Erdgeschoss und einen Keller. Am Anfang war der erste Stock kalt und alt gewesen, aber nach und nach bezogen wir auch ihn, und ich bekam mein eigenes Zimmer. Die Wärme vom Erdgeschoss stieg nach oben, und die Kälte vom ersten Stock sickerte nach unten in den Flur.

Im Sägemehlhaus war alles unfertig. Immer wenn jemand zu Besuch kam, präsentierte meine Mutter das Haus, indem sie erzählte, wie es einmal gewesen war oder wie es einmal sein würde.

»Hier war mal eine Wand mit einer Tür«, zeigte sie im Flur. »Hierfür habe ich schon eine Tapete ausgesucht«, erzählte sie im ersten Stock, wo die Wände nur aus nackten Brettern und gelben Fetzen der alten Wandpappe bestanden. »Hier war mal ein Balkon, bevor der neue Flügel angebaut wurde. Daraus könnte man zwei Zimmer machen, wenn man wollte.«

Meiner Mutter war nicht einmal bewusst, wie das Haus wirklich aussah. Manchmal, wenn wir uns Fotos anschauten, auf denen man zum Beispiel die leistenlosen Fenster, die elektrischen Leitungen, die wie Weihnachtsgirlanden herabhingen, die halb abgerissenen alten Tapeten oder sonstige unfertige Dinge sah, rief sie laut: »Wie schrecklich diese Wand da aussieht! Wann machen wir die endlich fertig? Die Tapete dafür habe ich schon ausgesucht …«

Wir nannten unser Zuhause das Sägemehlhaus, weil seine Wände voller Sägemehl waren. Immer wenn mein Vater renovierte, rieselte ihm Sägemehl ins Genick. Eine Prise davon hagelte herab, wenn man die Kellertür zuschlug, ein ganzer Sack voll kam einem entgegen, wenn man eine Türöffnung vergrößerte. Es lag in den Deckenlampen und auf dem Dachboden. Sogar in der Dunstabzugshaube machte es Geräusche.

Alles, was an Sägemehl anfiel, wurde aufgehoben. Es wurde in Säcke geschaufelt und auf dem Dachboden ausgekippt. Mein Vater sagte, der Dachboden ist die Mütze des Hauses, und das Sägemehl hält uns warm.

Ab und zu legten wir einen Renovierungstag ein. Dann frühstückten meine Mutter und mein Vater im Stehen, und keiner hatte Zeit, sich mit mir zu beschäftigen. Oft wurde nicht einmal daran gedacht, Kakao zu kochen. An Renovierungstagen war es kühl im Haus, weil im Erdgeschoss beide Türen offen standen und mein Vater und meine Mutter mit Butterbroten in der Hand ein und aus gingen.

Einmal machten wir es so, dass alle Sachen aus dem Wohnzimmer in die Küche getragen wurden. Plötzlich war das ganze Erdgeschoss geschrumpft, und zwei Zimmer wurden in einem zusammengequetscht: Man konnte sich zwischen Esstisch, Couch, Kommode, Zimmerpflanze, Kühlschrank, Sessel, Geschirrschrank und Fernseher kaum bewegen.

Das Wohnzimmer hinter der Plastikplane hingegen war gewachsen. Es war so groß, dass es darin hallte. Ich wollte tanzen, aber mein Vater und meine Mutter sagten Nein. Meine Mutter schlug vor fernzusehen, aber die Fernbedienung war verschwunden, und der Fernseher hing im fünften Programm fest, weshalb ich doch ein bisschen tanzen durfte, bevor es mit der Arbeit losging.

Nur das Bücherregal stand in Plastikfolie gewickelt mitten im Zimmer. Es hatte immer an derselben Stelle gestanden, und jetzt kam es einem vor, als wäre ein Stück Wand in die Zimmermitte geschoben und in weißes Plastik verpackt worden wie ein Gespenst. Hinter dem Regal kam eine gelbe Wand zum Vorschein. Ansonsten waren die Wände im Zimmer hellbraun, aber an den Stellen hinter den abgeschraubten Borden, den Bildern und der Kommode sah man Gelb. Ein bisschen so, als hätten die Sachen saubere Schatten zurückgelassen. Der Schatten des Regals, der Schatten der Kommode, die Schatten von drei Bildern. Ich betrachtete alles erstaunt, denn bis dahin war mir nicht klar gewesen, dass es hinter den Möbeln so viel Wand gab.

Mein Vater strich mit der Hand über die Wand und zog mit dem Hammer Nägel heraus. Die Schrauben der Borde hatten große Löcher zurückgelassen, ebenso die Vorhangstangen und die Fensterbretter.

Und dann schraubte mein Vater die Steckdosen ab.

»Papa, du stirbst!«, rief ich, denn Stromsachen darf man nicht anfassen, und schon gar nicht mit was Spitzem.

»Jetzt darf man«, antwortete er und rief mich zu sich. Zusammen sahen wir zu, wie die Steckdose aufging.

Dahinter konnte man in die Wand hineingucken. Dort verlief ein geheimer Stromleitungsgang. Durch den Gang verliefen ein braunes und ein blaues Kabel, und die Steckdose enthielt eine Metallscheibe, kleine Schrauben und noch ein paar andere Teile aus Metall.

»Das ist so etwas wie das Gerippe der Steckdose«, sagte mein Vater.

Ich kenne mich mit Gerippen aus, denn ich habe ein Buch über Skelette gelesen. Der Regenwurm hat kein Skelett, obwohl die Schlange eins hat. Aber der Regenwurm hat eine Gliederleiter. Und ich dachte eigentlich, dass die Stromleitungen die Adern des Hauses sind, denn sie verlaufen in seinen Wänden von einem Raum zum anderen.

Meine Mutter strich über die Wand, fand noch einen Nagel und zog ihn mit dem Hammer heraus. Dann sagte sie:

»Saara, stell dich doch mal vor diese Wand.«

Und ich stellte mich dorthin, wo vorher die Kommode gestanden hatte. Meine Mutter nahm einen dicken Filzstift aus der Tasche und zog über meinem Kopf einen Strich. Daneben schrieb sie: *12. 5. 2007.*

»Bleib so stehen«, sagte sie. »Ganz still.«

Sie zeichnete eine Linie um mich herum. Sie fing an der Schulter an, zog sie am Arm entlang nach unten, kitzelte mich zwischen den Fingern, schwenkte über in die Achsel und fuhr an der Seite entlang nach unten bis zum Fußboden. Dann auf der anderen Seite wieder nach oben. Der Filzstift stank, es war ein wasserfester. Die dürfen Kinder nicht anfassen, weil das dann nie wieder weggeht. Beziehungsweise das Kind. Ich bin ja das einzige. Zum Schluss malte meine Mutter um meine Haare herum. Zwei Zöpfe und Kugeln. Als der Filzer zur Schulter zurückkehrte, sagte meine Mutter:

»So, jetzt darfst du herausspringen.«

Und ich sprang aus der Wand und betrachtete mein Bild an der Wohnzimmerwand. Es war wie Peter Pans ausgeschnittener Schatten im Film. Mit leicht gespreizten Beinen und flatterndem Hemd.

»Wenn mal jemand nach uns hier einzieht und renoviert, entdeckt er das und sieht, dass hier einmal so ein Mädchen gewohnt hat.«

»Wo ziehen wir denn hin?«, fragte ich.

»Nirgendwo«, lachte meine Mutter. »Wir ziehen hier niemals aus! Wir haben noch so viele unfertige Projekte.«

Mein Vater lachte auch, obwohl es nicht so klang, als würde er lachen. Dann schrieb er neben das Bild, das meine Mutter gezeichnet hatte, *Saara*.

»Wie groß du schon bist«, seufzte meine Mutter und schaute abwechselnd auf das Bild und auf mich. »Bist du wirklich so groß?«

»Doch, das sind ihre Ränder«, antwortete mein Vater, klang aber selbst überrascht. Zum Beweis stellte ich mich neben das Bild.

Dann holte ich meine Filzstifte und malte Kleider ins Bild, die türkise Strumpfhose und mein geringeltes Shirt. Ich zeichnete auch Augen, Wangen, Mund und Haarkugeln und dachte, das ist das Beste an den Renovierungstagen. Die Brote werden im Stehen gegessen, spitze Sachen werden in die Steckdosen gesteckt, es wird mit Filzstift auf die Wand gemalt, und im Wohnzimmer ist Platz zum Tanzen.

Mein Vater und meine Mutter fingen mit den Wandpaneelen an. Mein Vater sägte im Garten die Bretter zurecht, und meine Mutter trug sie über die Veranda hinein. Mein Vater benutzte Wasserwaage, Zollstock und Bleistift, meine Mutter bloß Auge und Hammer. Nach drei Brettern ging der ewige Renovierungsstreit los. Obwohl mein Vater und meine Mutter immer zusammen renovierten, machte ihrer Meinung nach der andere stets etwas falsch. Diesmal fing meine Mutter an, weil es ihrer Meinung nach dumm war, in einem alten Holzhaus, wo sowieso alle Böden, Wände und Ecken schief waren, eine Wasserwaage zu benutzen. Mein Vater war der Meinung, dass meine Mutter nie etwas sorgfältig machte und nie etwas zu Ende brachte, was sie angefangen hatte, und er immer im Nachhinein die unfertigen Sachen ausbessern musste. Der Streit verlief jedes Mal gleich, weil keiner von beiden seine Gewohnheiten änderte. Diesmal ärgerte sich meine Mutter bloß darüber, dass mein Vater gerade eine neue Wasserwaage gekauft hatte.

Am Abend hatten wir jedenfalls neue, helle Wände mit Paneelen. Allerdings hatte keiner Lust, sie zu bestaunen, weil es schon dunkel im Zimmer war und alle zu müde waren. Aber am nächsten Morgen kam meine Mutter nach unten und stellte fest, dass mein Vater aufgeräumt hatte, bevor er ins

Bett gegangen war. Sie lächelte die neuen, hellen Wände an, und ich lächelte ihr von der Wand aus entgegen, in Strumpfhose und geringeltem Shirt. Dann beschloss meine Mutter, für die ganze Familie Pfannkuchen zu backen.

MAMA MORGENS. Morgens hat Mama eine Brille auf und marschiert direkt auf die Kaffeemaschine zu. Sie drückt den Knopf und geht erst dann pinkeln. Ihr dünner Morgenmantel flattert, wenn sie durchs Wohnzimmer geht und die Vorhänge öffnet. Sie macht das Fenster auf oder, wenn es ein warmer Sommermorgen ist, die Verandatür und sagt: »Ah.«

So ist Mama morgens.

9

Im Märchen werden Jungfrauen in Wände eingemauert, und dann wächst aus den Wänden eine Birke. Meine Mutter hat erzählt, dass das einmal wirklich passiert ist.

In Sägemehlwände passen keine Jungfrauen hinein. Einmal habe ich im Sägemehl auf dem Dachboden ein selbst gemachtes Segelboot gefunden und ein anderes Mal einen Salzstreuer in der Form eines Mädchens, und ich habe Apfelkerne in die Wandritzen gesteckt, aber es ist nichts daraus gewachsen.

Seitdem ich in die Steckdose hineingeguckt hatte, wusste ich, dass in den Wänden alles Mögliche passiert, auch wenn aus den Kernen nichts wächst. Es gibt Gänge und Kabel, die sich vom Erdgeschoss nach oben und von einem Raum zum nächsten schlängeln, ein bisschen so wie Adern. Die Kabel sind braun und blau und verlaufen zwischen den Lichtschaltern, Steckdosen und Lampen, und sie können gefährlich sein, wenn man sie mit dem Bohrer trifft. Die Wasserrohre sind rot und blau und können zufrieren, auch wenn sie rot sind.

Außer den Stromkabeln gibt es in den Sägemehlwänden die Stellen mit den alten Türen und die Geister von Schränken, und die findet man, indem man klopft. Sie sind so etwas wie die Narben des Hauses. An einer Wand im Flur kann man die Stelle sehen, wo das Haus einmal aufgehört hat, aber da fängt jetzt der Flur zum Bad an. Im ersten Stock sieht man eine Platte in Form einer Tür, durch die man früher auf den Balkon gehen konnte. Die Tapeten reißen an den Türstellen, weil der Winter die Spanplatten in Bewegung versetzt.

Einmal hatte mein Vater rote Pusteln an den Beinen und glaubte, wir hätten aus dem Urlaub Wanzen mitgebracht. Er trug sämtliche Matratzen, Decken, Kissen und Kleider in die Sauna und heizte kräftig ein. Er sprühte schrecklich viel Mückengift in die Ritzen im Schlafzimmer und schmierte die Bettpfosten dick mit Vaseline ein. Den ganzen Tag und die ganze Nacht kochten die Matratzen in der Sauna, und aus den Wänden krochen benommene Spinnen, die über die Tapete torkelten und auf das leere Bettgestell fielen. Meine Mutter war wütend auf meinen Vater, und Wanzen haben wir nie gefunden.

MAMAS STIMME. Wenn Mama wütend wird, kommt ihre Stimme aus dem Bauch, und die ganze Brust bebt. Einmal hat sie sogar zwei kämpfende Hunde auseinandergebracht, weil sie so laut geschrien hat.

Mama hustet. Das ist ihre Stimme, wenn sie allein ist. Papa meint, dass sie eine Stauballergie hat, aber Mama meint Nein. Mama spricht tief und weich, vor allem, wenn sie eine Geschichte erzählt. Einmal hat meine Freundin am Telefon geglaubt, Mama wäre ein Mann. Manchmal nuschelt sie. Dann hat sie Stecknadeln im Mund.

So ist Mamas Stimme.

Manchmal bringt etwas das Sägemehl so in Bewegung, dass es durch die Deckenritzen aufs Kissen rieselt, weil bei uns an vielen Stellen die Leisten fehlen. Manchmal kann man hören, wie sich das Sägemehl einfach von sich aus bewegt und wie alles lebt. Die Holzwürmer ticken, die Eichhörnchen scharren, die Wespen kratzen an der Farbschicht. Im Winter ziehen sich die Bretter durch den Frost zusammen, und der Schnee drückt so stark auf die Schranktür, dass sie klemmt. Im Frühjahr geht es auf dem Dach mit dem Knacken und Ploppen los, manchmal dauert es mehrere Nächte, bevor etwas passiert. Das Dach bereitet sich auf den Angriff vor wie eine Armee, leise regt sich da etwas, und es fängt an zu tropfen. Schließlich kommt die Nacht, in der sich die Eismasse, die sich auf dem Dach gebildet hat, löst, als ein mehrere Hundert Kilo schweres Stück in Bewegung gerät und rumpelnd das Blech hinunterrutscht. Vor den Fenstern fallen Brocken auf die Erde. Das Geräusch ist so gewaltig, dass ich mir für einen Moment vorstelle, die Welt geht unter.

Danach folgt die Stille. Das Haus ist voller Frühling, die Wände legen die Schwere des Winters ab, die Schranktür geht wieder auf. Im Garten liegt das Eis wie Leichenberge, die mein Vater mit dem Spaten klein hackt.

10 *MAMA IM APFELBAUM. Im Herbst füllen sich die drei Apfelbäume des Sägemehlhauses mit Äpfeln. Mama geht jeden Morgen mit einer Schüssel in den Garten und hebt die Äpfel auf, die heruntergefallen sind. Dann bittet sie mich aufzupassen, wenn sie auf einen Baum klettert. Mama steht in einer Astgabel und schüttelt die Äste. Am Anfang sieht es ungeschickt aus, aber wenn sie eine Zeit lang gerüttelt hat, fällt ihr wieder ein, wie man sich auf Bäumen zu verhalten hat. Sie lächelt und wird leichter, und ihre Kraft geht in die Äste über. Auf dem Gras macht es* tumps, tumps, *wenn die Äpfel herunterplumpsen, und ich muss gucken, wo sie hinfallen. Der Baum schwankt und raschelt, und unter Mama dröhnt es.*

In der Küche riecht es nach Äpfeln. Mama schält sie und schneidet sie in Scheiben, füllt damit das Dörrgerät und füllt die Apfelchips anschließend in Plastikbeutel. Sie kocht Marmelade und friert Apfelmus ein.

An den Fenstern summen Wespen, groß und langsam. Eine lautlose Wolke Fruchtfliegen flattert jedes Mal auf, wenn man den Komposteimer einen Spaltbreit öffnet.

Abends, wenn ich schon im Bett liege und meine Mutter mir die Wange streichelt, duften ihre Hände nach Apfelmarmelade.

So ist Mama im Apfelbaum.

MAMA, WENN SIE LEBT. Mama macht den Küchengarten sauber. Sie will, dass die Erde so schnell wie möglich warm wird, und gräbt sie mit dem Spaten um und deckt sie ab, obwohl Papa der Meinung ist, dass man damit noch zwei Wochen warten könnte. Mama hat einen Strohhut auf, und sie winkt, wenn Papa und ich uns auf den Weg machen, um neue Sommerreifen fürs Auto zu kaufen. Sie stützt sich auf den Spaten, den Hut ein bisschen schief, und winkt. Sie hat die schmutzigen Gartenhandschuhe an.

So ist Mama, wenn sie lebt.

Das war Mama, als sie noch lebte.

Wir essen Eis, während die Reifen gewechselt werden. Die alten Reifen werden nicht weggeworfen, sondern auf der Rückbank gestapelt, weil Mama vorhat, aus ihnen am Rand des Gartens eine Pyramide zu bauen, die Reifen mit Erde zu befüllen und darin Erdbeeren zu pflanzen. Weil die Rückbank voller Reifen ist, darf ich vorne sitzen.

Wir fahren in die Einfahrt.

Papa nimmt zwei alte Reifen von der Rückbank und trägt sie in den Garten. Ich folge ihm. Wir wollen die Reifen abwaschen und Mama dann helfen, sie mit Erde zu befüllen. Mama hat uns das Bild einer Erdbeerpyramide in der Zeitung gezeigt.

An der Ecke des Hauses gibt es fünf Stufen aus Stein.

»Schau mal, Papa, da ist Eis«, sage ich und deute auf die Eissplitter auf der Treppe.

»Da kann kein Eis sein«, antwortet Papa. »Ist Mama vielleicht eine Scheibe zerbrochen?«

Ich nehme ein Stück in die Hand, es ist kalt, bläulich und feucht.

Genau in diesem Moment erreicht Papa die oberste Stufe und stößt einen Schrei aus. Er lässt die Autoreifen fallen, und sie rollen die Treppe herunter auf mich zu. Papa schaut auf den Garten und dann auf mich, und seine Augen sind groß und weiß, sein Mund steht offen, und ich sehe seine Zähne, als er schreit.

»Nein, Saara! Schau nicht hin!«

Der erste Reifen trifft mich am Knie, der zweite rollt vorbei, Papa stürzt auf die Reifen und auf mich zu, mir tun das Bein, der Po und der Ellbogen weh.

»Schau nicht hin, Saara, schau nicht hin, nicht hinschauen, Saara, nein, nein ...«

Ich erschrecke vor Papas Augen. Ich weine, aber Papa tröstet mich nicht, Papa brüllt, Papa ruft um Hilfe, wir fallen auf die Treppe, und ich spüre einen Schmerz. Papa reißt mich am Handgelenk weg, weg, weg, obwohl ich keine Beine unter mir habe und es an der Schulter zieht.

»Du darfst nicht hinschauen!«, schreit Papa. Ich weiß nicht, was er meint, aber er schreit es immer wieder und reißt immer weiter an meinem Arm. Wir laufen, ich weiß nicht wohin, aber Papa schreit nur, so geht das den ganzen Tag und die ganze Nacht und die ganze folgende Woche. »Nein, nein, nein!«, schreit Papa noch, als die Polizisten kommen, Leute kommen, ich weiß nicht, wo wir sind, warum Papa immer nur schreit, jemand schüttelt ihn, so fest, dass er sich schließlich übergeben muss.

11

In der Schule wurde uns von Lots Familie erzählt, zu der die Engel sagten: »Geht, aber seht euch nicht um. Wir werden jenen Menschen nun etwas Schreckliches antun. Euch werden wir retten, aber ihr dürft es nicht sehen.« Und dann lief Lots Familie davon, aber Lots Frau glaubte den Engeln nicht und drehte sich um. Und sie sah das Schreckliche, das die Engel den Menschen antaten, und verwandelte sich in eine Salzsäule. Lots Frau wurde zur Säule, weil sie nicht ertrug, was sie dort sah. Die Lehrerin sagte, die Säule sei ein Zauber der Engel gewesen, aber ich weiß jetzt, dass man auch ohne Engelszauber zur Säule erstarren kann. Es reicht, dass man etwas sieht, das man nicht aushält.

Es gibt Dinge, die nicht mit der Zeit verschwinden. Sie werden nicht matt und nicht weich und verwandeln sich nicht in Erinnerungen. Sie bleiben immer gleich hart und groß, sie stehen wie eine Säule im Bauch und in der Brust des Menschen, und dort tönen sie dann hohl. Sie können in Vergessenheit geraten, aber wenn sie einem wieder einfallen, sind sie immer jetzt und immer gleich groß, als würden sie in diesem Moment passieren.

Die Engel tun Schreckliches. Manchmal warnen sie einen vorher, manchmal nicht.

An diesem Tag sah mein Vater ein so schreckliches Bild, dass es nie mehr weggeht. Das Bild drang durch seine Augen ins Gehirn ein und ließ dort eine zerstörte Stelle zurück. Jedes Mal, wenn ihn etwas an jenen Morgen erinnert, ist der Morgen wieder da. Ich habe das Bild nicht im Kopf, weil mein Vater mich rechtzeitig weggestoßen hat. Er bat mich um Entschuldigung, weil mir Bein und Po und Ellbogen wehtaten. Blaue Flecken heilen, aber Bilder, die ins Gehirn eindringen, bleiben. Mein Vater hatte danach einen Salzklumpen in seinem Herzen und zerbrach.

Mama habe ich nie mehr gesehen.

Eine Woche nach ihrem Tod durfte ich mit einem Polizisten und mit Tante Annu zum Haus gehen. Der Verandaboden hatte ein Loch. Der Spaten meiner Mutter war weggeräumt worden. Auf dem Boden sah man einen Fleck, ein bisschen wie ein Schnee-Engel, und die Fersen hatten eine Linie in die Erde gezogen. Das war Mamas Stelle, Mamas letzte Spur, so wie der Abdruck vom nassen Po auf der Saunapritsche, bevor er verdampft.

»Ja, also, ich glaube«, sagte der Polizist und zog mich in die andere Richtung. Er war groß und schwitzte, und ihm war schlecht.

Von dem Eis war nichts mehr übrig. Der Garten sah aus wie immer. Das Eis war durch die Veranda und durch Mama hindurchgegangen und dann geschmolzen.

In der Küche standen weitere Polizisten. Keiner sagte etwas. Keiner wollte, dass ich etwas fragte.

Tante Annu nahm mich an der Hand. In der anderen Hand hielt sie eine Tasche mit Anziehsachen von Papa und mir. Sie drückte mit ihrer von Wolle und Wasser rauen Hand zu und sagte: »Ich glaube, wir gehen jetzt.«

»Wir bleiben in Kontakt, falls noch etwas …«, sagte der große schwitzende Polizist. Er hatte nicht vor, uns alle im Wohnzimmer zu versammeln und die Wahrheit zu enthüllen. Er wollte nicht auf einen Johannisbeersaft bleiben. Er wollte nur weg.

Im Gänsemarsch gingen die Polizisten durch die Haustür.

Meine Tante schloss das Sägemehlhaus ab.

12

Am Morgen nach dem Tod meiner Mutter kam Tante Annu mit dem Auto zu uns. Wir waren im Krankenhaus, weil sie meinen Vater dort mit Medikamenten zum Schlafen gebracht hatten. Mir hatten sie ein Bett neben seinem gemacht.

Am nächsten Morgen ging die Tür auf, und Tante Annu kam herein. Sie sah uns direkt in die Augen, durchquerte den Raum und umarmte mich lange. Sie war der erste Mensch, der mir nach dem Tod meiner Mutter in die Augen schaute. Ihre Augen waren wie zwei Löcher, in die man hineinsehen konnte, sie blickten nicht an mir vorbei.

»Ihr kommt mit zu mir ins Gutshaus«, sagte Tante Annu und fing an, unsere Sachen einzupacken. »Da bleibt ihr mindestens bis nächste Woche.«

Mein Vater antwortete nicht. Er stand aber vom Bett auf und zog sich die Schuhe an. Ich fing an zu hüpfen, weil es so guttat, dass uns jemand herausholte und in die Augen schaute. Mein Vater ließ sich aufs Bett sinken und nahm mich in den Arm. Ich hätte ihn gern getröstet und etwas gesagt, aber ich konnte es nicht. Ich formte mit seinen Fingern eine Schildkröte. Der Ringfinger bleibt unten, und über ihm krümmt man die anderen Finger. Zum Schluss schiebt man den Daumen unter den Schild. Nachdem ich die Finger an beiden Händen verbogen hatte, nahm meine Tante unsere Tasche auf die Schulter und sagte leise: »Gehen wir.«

Mein Vater trug mich zum Auto und setzte sich neben mich auf die Rückbank. Die Schildkröten lösten sich auf. Er hielt sich mit beiden Händen den Kopf, als hätte er Angst, der Kopf könnte herunterfallen. Während der ganzen Fahrt sagte er: »Das ist alles so sinnlos. So sinnlos. So sinnlos.« Meine Tante gab ihm aus dem Döschen, das sie von einer Krankenschwester bekommen hatte, eine Tablette, und wenig später wurden seine Worte langsamer, und er lehnte den Kopf an die Scheibe.

So zogen wir ins Gutshaus. Meine Tante kochte eine scharfe Suppe und verordnete, dass jeden Tag ein bisschen davon gegessen werden musste. Nach der ersten Nacht fuhr sie zum Sägemehlhaus und packte saubere Kleidung und Spielsachen, die sie in den Schränken fand, und die viel zu kleinen Gummistiefel in ein paar Taschen. Auch ein Brettspiel brachte sie mit, aber das wollte keiner spielen.

Annu ist die große Schwester von meinem Vater und passt auf ihn auf, obwohl sie ihn als Kind geärgert hat. Als sie klein war, erschwindelte sie von ihm Schokolade und vergaß ihn einmal sogar auf dem Spielplatz. Jetzt aber schaute sie uns in die Augen und nahm uns mit.

In der Schule sagte die Lehrerin der Klasse, dass meine Mutter gestorben war. Dann durften die Klassenkameraden Fragen stellen. Ich weiß nicht, was sie gefragt haben, denn ich war nicht dabei. Ich hatte schon genug Fragen gehört, von der Polizei, von der Krankenschwester, von meinem Vater.

Dann durften die Klassenkameraden malen. Ich habe die Bilder am letzten Schultag vor den Ferien gesehen. Die Lehrerin gab allen Schülern ihre Bastelarbeiten und Bilder mit nach Hause, aber die Todesbilder von meiner Mutter lagen auf einem Extrastapel auf dem Lehrertisch. Sie zeigten Flugzeuge, die am Himmel kaputtgingen oder gegen eine Wand knallten oder eine Bombe abwarfen. Jemand hatte eine Frau gemalt, auf deren Kopf eine Kiste fiel, und ihre Augen waren zwei Kreuze, und die Zunge hing aus dem Mund.

Diese Zeichnungen wurden mir nicht mit nach Hause gegeben. Was hätte man mit ihnen auch anfangen sollen? Nicht einmal meine Lehrerin konnte etwas mit ihnen anfangen, darum waren sie auch auf dem Tisch liegen geblieben.

Die Zeit blieb stehen. Man konnte nicht vor- und nicht zurückdenken. Jemand zeichnete eine dicke weiße Linie um unsere Gedanken herum, und die Gedanken blieben stehen, und wir steckten darin fest.

Jeder Tag war ein einzelner Tag für sich, der zu nichts führte. Und jeder Tag war wie der vorherige. Die Tante weckte uns am Morgen, zwang uns drei Mal am Tag, etwas zu essen, und brachte uns am Abend ins Bett. Ich weiß nicht mehr, was es zu essen gab, aber es blieb mir im Hals stecken und war schwer zu kauen. Der Kiefer war müde, ich kaute so fest, dass mein letzter Milchzahn anfing zu wackeln. Mein Vater weinte in den Kaffee. Seine Tränen tropften auf die schwarze Kaffeeoberfläche. Sonst passierte nichts.

Um meinen Vater und mich herum wurde es still. Beim Einkaufen wurde ich von der Frau vom Geschäft und von meiner Sportlehrerin, die Ferien hatte, umarmt, aber niemand sagte etwas. Ich weiß noch, dass sich die Frau vom Geschäft weich angefühlt und fester zugedrückt hat, als ich gedacht hätte. Auch die Sportlehrerin sah weich aus, weil sie Ferien hatte und einen Rock an und im Einkaufskorb Balkonblumen. Hu, hu, sagten die Erwachsenen wieder, da kann man bloß, das ist schon, tja. Man kann nur hoffen, dass die Zeit die Wunden heilt. Aber dass die Zeit heilt, war Scheißdreck, und es hätte sowieso nichts genützt, denn die Zeit bewegte sich nicht, und wir steckten fest.

Dann war Schluss mit den Worten. Es blieben nur schwitzende Polizisten übrig, und Klassenkameraden, die Farbstifte umklammerten.

13

Meine Mutter hat mir oft Märchen vorgelesen. Sie hatte eine ganze Reihe Märchenbücher im Regal stehen. Aber die Geschichten blieben am Abend oft unfertig, und am nächsten Tag fingen wir mit einer neuen an oder hatten das Lesezeichen verloren. Meine Mutter störte das nicht, sie interessierte sich nicht für Schlüsse.

»Der Schluss ist immer gleich«, sagte sie. »Prinz und Prinzessin heiraten, und der Mörder wandert ins Gefängnis. Alles Interessante passiert davor.«

Auch sonst machte meine Mutter mit den Märchen, was sie wollte. Manchmal übersprang sie langweilige Stellen, manchmal wich sie mitten in der Geschichte auf selbst erfundene Nebenpfade ab. Ich bemerkte nie genau den Moment, in dem sie sich von den Buchseiten löste, ich kapierte immer erst später, dass das jetzt aber bestimmt nicht mehr zum Buch gehörte.

»Eines Tages kam ein Prinz angeritten. Er sah die tote Jungfrau im gläsernen Sarg liegen, und sein Herz füllte sich mit Liebe für dieses unbekannte Mädchen. Der Prinz bat die Zwerge, den Sargdeckel anzuheben. ›Sie stinkt schon‹, warnten die Zwerge …«

»Mama! Das steht da nicht.«

»Der Prinz beugte sich über Schneewittchen, um es zu küssen, aber in der Tat, der Atem der Jungfrau roch ganz und gar fürchterlich, und der Prinz zögerte …«

»Mama!«

»Ein Jammer, dass ich keine Zahnbürste und Mundwasser zum Gurgeln mitgebracht habe, dachte der Prinz …«

Ich schlug vor, das Buch wegzulegen, wenn sie nicht richtig lesen wollte, dann könnte sie sich in Ruhe eigene Geschichten ausdenken. Aber aus irgendeinem Grund gefiel es ihr besser, fertige Märchen durcheinanderzubringen. Vielleicht brachten sie die Bilder in den Büchern auf Ideen. Oder sie hatte einfach Spaß daran, wie ich mich ärgerte.

Auch als meine Mutter starb, blieb ein Märchen unfertig. Das Märchen ging so:

Es waren einmal ein Bruder und eine Schwester. Aus dem Norden kam ein eisiger Zauberer, der sich die Schwester schnappte und in sein eisiges Schloss entführte. Der Bruder suchte nach seiner Schwester, traf im Wald aber auf einen Wolf. Der Wolf sagte: »Ich kenne einen Mann, der dir helfen kann. Aber du musst ihn mit einem goldenen Ei bezahlen.«

»Wo finde ich ein goldenes Ei?«, fragte der Bruder.

»Steig auf!«, erwiderte der Wolf. Und so schwang sich der Bruder auf den Rücken des Wolfs, und der Wolf rannte durch den Wald, bis sie zu einem alten Haus kamen. Der Wolf sagte: »In dem Hühnerstall dort gibt es ein Huhn, das jede Nacht ein goldenes Ei legt.«

Der Bruder betrat den Hof des Hauses und begegnete einer alten Frau.

»Guten Tag«, sagte der Bruder, »könnte ich ein goldenes

Ei aus deinem Hühnerstall bekommen? Ich habe drei Münzen.«

»Das kannst du«, antwortete die Alte, »aber behalte deine Münzen. Als Gegenleistung will ich ein Pferd mit weißer Mähne haben.«

»Wo finde ich ein Pferd mit weißer Mähne?«, fragte der Bruder den Wolf. Der Wolf antwortete: »Steig auf!«

Und so schwang sich der Bruder auf den Rücken des Wolfs und ritt durch den Wald, bis sie an einen Fluss kamen. Am Ufer weidete eine Pferdeherde. Eines der Pferde hatte eine weiße Mähne.

Der Bruder ging zu einem Jüngling, der auf einem Stein saß.

»Kann ich das Pferd mit der weißen Mähne haben?«, fragte er den Jüngling. »Ich habe drei Münzen.«

»Das kannst du«, sagte der Jüngling, »aber behalte deine Münzen. Als Gegenleistung will ich einen silbernen Vogel haben.«

»Wo finde ich einen silbernen Vogel?«, fragte der Bruder betrübt, als er zum Wolf zurückkehrte.

Der Wolf antwortete: »Steig auf!«

Und so schwang sich der Bruder auf den Rücken des Wolfs, und der Wolf rannte am Fluss entlang, bis sie ans Meer kamen. Im Hafen lag ein großes Segelschiff.

»Der Kapitän auf diesem Schiff dort hat einen silbernen Vogel«, sagte der Wolf.

Der Bruder ging an Bord. »Könnte ich den silbernen Vogel bekommen?«, fragte er. »Ich habe aber nur drei Münzen.«

Der Kapitän lachte über das Geld des Jungen. »Du kannst den silbernen Vogel schon kaufen, aber als Bezahlung will ich ein Seil, das niemals reißt.«

Und wieder kehrte der Bruder zum Wolf zurück.

»Wo finde ich so ein Seil?«

»Steig auf!«, antwortete der Wolf.

Und so schwang sich der Bruder erneut auf den Rücken des Wolfs, und der Wolf rannte am Meeresufer entlang in die nächste Stadt und weiter in die übernächste, und dort blieb er vor einer Fabrik aus Backstein stehen.

»In dieser Fabrik werden ewige Seile geflochten«, sagte der Wolf.

Der Bruder betrat die Fabrik und sah, dass sie aus einer ungeheuer langen Halle bestand, in der von einem Ende zum anderen dicke Seile verliefen. Riesige Spulen wickelten die Seile auf, und ein Fuchs in Hose und Weste überwachte das Geschehen.

Der Bruder ging zu ihm.

»Ich möchte ein ewiges Seil kaufen. Aber ich habe nur drei Münzen.«

»Ja, das geht. Aber als Bezahlung will ich einen Stein vom Mond haben«, erwiderte der Fuchs.

Und so weiter. Ich bin nicht sicher, wann ich kapierte, dass Mamas Geschichte im Kreis lief, aber ich hörte ihr auch nach der Seilfabrik noch eine Weile zu. Der Stein vom Mond fand sich bei einem Professor, der als Bezahlung das klügste Buch der Welt haben wollte, das sich auf dem Dachboden eines Bibliothekars fand, der als Bezahlung einen blauen Edelstein wollte, der sich bei einem Bäcker fand, der als Bezahlung Lamamilch haben wollte, aber dann hatten sowohl meine Mutter als auch ich genug, und ich sagte: »Hören wir auf.«

Und meine Mutter antwortete: »Die Fortsetzung folgt morgen.«

»Ich kann nicht zuhören, wenn du alles rückwärts erzählst«, seufzte ich.

»Wir denken uns einen anderen Schluss aus. Soll die Schwester nur in ihrem eisigen Schloss bleiben. Wir können für den Bruder zum Beispiel eine Rallye veranstalten.«

»Bestimmt nicht.«

»Uns wird schon etwas einfallen.«

Und vielleicht fiel ihr auch etwas ein. Vielleicht war der Schluss des Märchens genau das, was sie dazu gebracht hatte, auf der Veranda stehen zu bleiben und nachzudenken, als ihr Kopf gespalten wurde.

Die zwei letzten Bilder von Mama: das Märchen vom Abend und wie sie am nächsten Morgen im Garten steht. Mama mit ihrem Sonnenhut und den Gartenhandschuhen. Es ist, als würden die beiden Augenblicke in besonders hellem Licht erstrahlen.

Ein Frühlingsabend auf der Couch, ein Frühlingsmorgen inmitten des Gesumms der Fliegen.

14

»Warum? Warum? Warum Hannele?«, jammert mein Vater nachts in Tantes Küche und hält sich den Kopf. »Es ist so verdammt sinnlos!«

Ich liege im Bett und versuche, sein Jammern nicht zu hören. Aber es schallt aus dem Ofen, der am selben Schornstein hängt wie die Küche, und ich kann ihm nicht entkommen. Der kleine schwarze Ofen in meinem Zimmer heult so sehr, dass das Ofenrohr zu zerspringen droht. Was für ein wahnsinnig trauriger, kleiner Ofen, denke ich.

Warum, warum, warum?

Mein Vater hat so viele Fragen, die keiner hören will. Ich höre trotzdem ein bisschen hin. Vielleicht kann ja die Tante antworten, wenigstens auf eine Frage, immerhin ist sie seine große Schwester. Ich hätte auch eine große Schwester werden können, wenn mehr Babys gekommen wären. Aber es kam nur ich, als Mamas Bauch aufgeschnitten wurde, darum bin ich jetzt niemandes Schwester. Ich bin nur ich.

»Es hätte jeden treffen können«, antwortet die Tante. »Jeder hätte zu der Zeit draußen sein können. Viele Leute *waren* zu der Zeit draußen.«

»Ich will auf jemanden wütend sein!«, heult der Ofen.

Wenn Papa heult, kommt seine Stimme tief aus dem Bauch. Sein Rücken biegt sich, und es schüttelt ihn beim Weinen. Papa weint wie ein kleines Kind, sein Gesicht trieft vor Rotz und Spucke, und er wischt sich mit seinen großen Erwachsenenfäusten die Augen wie ein Riese. Ich habe Angst, dass er einen Krampf oder Schluckauf oder einen Herzinfarkt bekommt. Die Kleider reißen, die Nähte knirschen, Papa zerfällt in Stücke.

Wenn mein Vater weint, konzentriere ich mich darauf, Tante Annu zu beobachten. Ich denke: »Wenn jetzt auch die Tante anfängt zu heulen, explodiere ich. Ich zerbreche noch von diesem ganzen Jammern. Ich werde zu einem Haufen Brotkrümel, die durch das Weinen hin und her springen. Meine Fingerspitzen, meine Haare und meine Knie zittern mit den Erwachsenen mit.«

Aber die Tante heult nicht. Sie zerfällt nicht in Stücke, sie zittert nicht und schluchzt nicht los. Kein einziges Mal.

Nicht einmal abends im Ofen, wenn ich eigentlich schon schlafen sollte.

Allerdings weint sie schon. Ihr kommen die Tränen, ohne dass sie es selbst merkt, sie weint mehrmals am Tag. Sie kocht und macht Feuer in den Öfen, saust mit dem Auto zum Sägemehlhaus und zum Einkaufen, zum Bestattungsinstitut und zurück, sie hält mich im Arm und zieht mir Wollpullover an. Und vor allem walkt sie in ihrer Werkstatt Wolle. Sie reibt und klatscht und wirft und rollt den schweren Wollstoff. Wasser und Seife spritzen, der Stoff verfilzt und schrumpft, wird dicht und fest. Die Tränen der Tante fliegen.

Aber sie bleibt heil.

»Wolle hilft«, versichert Tante Annu und zieht uns Wollpullover und Wollstrümpfe an. Sie legt uns Lammfell in die Betten, dazu Wolldecken und Nackenrollen aus Schafleder. Sie glaubt, je trauriger der Mensch, desto wärmer muss man ihn halten. Und Papa und ich sind sehr traurig. Die Schweißtropfen perlen auf unseren Stirnen, wenn die Tante die Öfen anheizt, mit Chili gewürzte Suppe kocht und aufpasst, dass wir die Wollpullover nicht ausziehen.

»Wolle atmet. Sie wärmt auch, wenn sie feucht ist, sie wird durch Lüften sauber, sie stinkt nicht, sie heilt Wunden, Ohrenentzündungen und Fußpilz. Stellt euch nur die Eskimobabys vor! Die werden in Wolle gewickelt und bleiben samt Pisse und Kacke einen ganzen Monat als Paket verschnürt. Bei der Kälte kann man nicht ständig Windeln wechseln. Und wenn das Bündel nach einem Monat aufgeschnitten wird, ist es nicht einmal schmutzig. So erstaunlich ist Wolle!«

»Hätte ich denn etwas tun können?«, fragt Papa nach einer Weile im Ofen mit kleinerer Stimme.

»Nein«, antwortet Tante Annu.

»Wenn ich im Garten gewesen wäre, hätte ich es vielleicht gekonnt, ich hätte Hannele zur Seite stoßen können …«

»Hättest du nicht.«

Tante Annus Antworten klatschen wie nasse Wolle, wenn man sie auf den Boden schleudert. Trotz Wolle und Tante Annu macht Papa immer weiter, Abend für Abend. Er knirscht und tropft wie die Eismasse auf einem Blechdach, bis er plötzlich Angst bekommt, seine Arme und Beine zu verlieren. Er behauptet, dass mit seinen Nerven etwas nicht stimmt, weil er manchmal das Gefühl in Händen und Füßen verliert.

»Ich löse mich auf«, stammelt er und krümmt die Zehen.

Papa ist zerbrochen. So schnell kann das gehen. Mamas Bild ist in sein Gehirn eingedrungen, und jetzt tönt es dort nur noch *warum, warum, warum*. Papa hat ein Loch im Kopf und einen Salzklumpen in der Brust, und jetzt löst er sich auf. Ich habe nicht gewusst, dass das auch mit einem lebendigen Menschen passieren kann.

Manchmal ist Eis so kalt, dass es an den Händen brennt. Und manchmal, wenn man nach der Sauna ins eiskalte Wasser geht, ist die kalte Luft warm, wenn man wieder aus dem Wasser steigt. Und manchmal, wenn man die Finger, die draußen kalt geworden sind, unter den lauwarmen Wasserhahn hält, brennen sie unter dem Wasser.

»Ich spüre nichts!«, sagt Papa. Vielleicht sind bei ihm warm und kalt durcheinandergeraten.

15

Mit der Schule gingen wir im Frühling zur Osterkirche. Sie hieß Kinderkirche, und dort wurden von Pfarrer Matti, Pfarrerin Leila und Jugendgruppen-Nina die Jünger und Frauen am Grab von Jesus nachgestellt. Ich weiß, dass es Ostern gibt, weil Jesus am Kreuz gestorben ist, aber aus irgendeinem Grund versuchten sie in der Kinderkirche, genau darüber nicht zu sprechen.

Ich hatte mich schon vorher für diese Kreuzigung interessiert, weil ich sie nie so richtig begreifen konnte. Ich wartete, bis die Aufführung zur Festnahme von Jesus kam. Pfarrerin Leila und Jugendgruppen-Nina spielten trauernde Jünger. Aber dann wurde nur gesagt, dass es donnerte, dass der Vorhang riss und dass es dunkel wurde. In der nächsten Szene war es Morgen, das Grab von Jesus leer, und alle waren fröhlich.

Ich wünschte, mir hätte jemand erklärt, wie man davon sterben kann, dass Nägel die Hände und Füße durchbohren. Man kann doch sogar eine ganze Hand oder ein Bein verlieren, ohne dass man stirbt. Aber vielleicht ist es so, dass die Erwachsenen nicht über den Tod reden wollen, obwohl sie selbst sterben werden. Wenn man isst, wächst man, und wenn man wächst und erwachsen wird, stirbt man.

Manchmal stirbt ein Mensch leicht, manchmal schwer. Meine Mutter und Jesus starben leicht, meine Mutter bei der gewöhnlichen Gartenarbeit und Jesus durch vier Nägel, und über solche Tode wollen die Erwachsenen nicht reden.

Pfarrer Matti konnte immerhin erklären, warum man Jesus umbringen wollte. Man wollte ihn aufhalten, damit er nicht noch mehr Jünger um sich scharen konnte. Wenn Jesus redete, wuchs er und streckte sich in alle Richtungen aus, wie die Stromkabel in der Wand, und das gefiel ihnen nicht. Also hielten sie Jesus auf, indem sie ihn ans Kreuz nagelten. Daraus wurde dann Ostern. Und darum wächst an Ostern alles. Der Pfarrer zieht sich grün an, und man sät Ostergras in Dickmilchbechern, obwohl gerade Jesus gestorben ist.

Die Menschen essen Dickmilch, und ihre Knochen und Muskeln wachsen, und auf der Milchpackung trägt ein starkes Mädchen seinen kleinen Bruder.

Am Ostermorgen sagte ich zu meinem Vater und meiner Mutter, dass ich nichts essen will, weil man dann wächst und stirbt. Meine Mutter antwortete, du wächst auf jeden Fall. Aber wenn du nicht isst, wird aus dir eine unleidliche Erwachsene.

Trotzdem ärgerte ich mich. Warum hatte niemand den Tod auf die Milchpackung gemalt!

16

Es war schön zuzuhören, wenn Tante Annu über das Gutshaus sprach.

»Als ich nach Förstorgård zog, machte ich dort zunächst gar nichts. Ich ging langsam von einem Zimmer zum anderen, betrachtete jedes ganz in Ruhe, schaute aus jedem Fenster, ging im Garten umher. Wer bist du?, fragte ich das Haus. Dann fing ich an zu putzen. Ich machte jedes Zimmer sauber, warf aber nichts weg. Ich lauschte, wie die Türen knarrten und die Wände knackten, und lernte, wie man den Holzherd heizt, ohne dass es qualmt. Eines Tages war dann alles sauber, und das Gutshaus fing an, mit mir zu sprechen.«

»Was hat es gesagt?«, wollte ich wissen.

»Es hat gesagt: Richte dir nur eine Werkstatt ein. Und ich habe es gefragt, was ein guter Ort dafür wäre. Und das Haus antwortete: Der Gästestall. Dort darfst du sie dir einrichten.«

Die Werkstatt meiner Tante hat einen gekachelten Fußboden und eine Dusche wie im Schwimmbad und Bottiche aus Metall, die so groß sind, dass ich darin baden könnte. Es riecht nach nasser Wolle und Seife. Ihre Wollarbeiten sind groß und dick, und sie werden an die Wand gehängt.

Heute fängt sie mit einer neuen Arbeit an. Ich sehe zu, wie sie den Grundstoff auf dem riesigen Tisch, der mitten in der Werkstatt steht, ausbreitet. Der Tisch ist so groß, dass alle Gäste daran sitzen können, wenn es ein Fest im Gutshaus gibt. Dann wird in die Mitte ein Kerzenhalter gestellt, in dem mindestens zwanzig Kerzen brennen.

Aber jetzt ist der Kerzenhalter weg, der Tisch ist sauber, und die Tante breitet den feuerroten dicken Stoff aus. Sie zieht die Strümpfe aus, krempelt die Hosenbeine hoch und nimmt einen Eimer. Dann löst sie Marseiller Seife im Wassereimer auf, verrührt sie mit der Hand und betrachtet dabei den roten Stoff. Das Seifenwasser ist heiß, und die Hand der Tante wird ganz rot.

Auf einem Wagen hat sie Wollwatte in verschiedenen Farben bereitgelegt. Nun steigt sie auf den Tisch und fängt an, die Wolle auf dem Stoff zu verteilen. Zuerst eine Grundschicht und darauf dünne Strähnen in verschiedenen Farben. Auf allen vieren kriecht die Tante über die bunte Wolke, die sich von der Tischplatte erhebt, und stellt sich zwischendurch immer wieder hin, um besser sehen zu können.

»Ist das Feuer?«, frage ich, weil ich Rot, Gelb und Orange sehe und weil es ein bisschen langweilig ist, ihr nur beim Zusammenstellen zuzusehen.

»Nein«, antwortet Tante Annu, ohne mich anzuschauen.

»Ich finde, es sieht nach Feuer aus«, sage ich, aber die Tante reagiert nicht mehr darauf.

Schließlich geht das Walken los. Meine Tante macht den gesamten Stoff und alle darauf angeordneten Muster mit dem Seifenwasser nass. Dann geht sie auf alle viere und fängt an, den Stoff mit den Fingern im Kreis zu reiben. Zwischendurch nimmt sie die ganze Hand, fügt Seifenwasser hinzu, und der Stoff bildet zwischen ihren Fingern Blasen. Auf diese Weise bleiben die Muster haften. Als Nächstes rollt sie den Stoff in ein Bambusrollo ein und walkt ihn auf dem Fußboden hin und her. Zwischen den Bambusrohren quillt Wasser heraus, und Tante Annu kriecht auf allen vieren darin herum. Ab und zu öffnet sie die Rolle, prüft, wie der Stoff aussieht, legt einen Streifen, der sich gelöst hat, wieder an seinen Platz und macht weiter. Die großen, weichen Flocken sind jetzt zu schmalen Linien geworden, die wolligen Wolken zu hubbeligen Flecken.

Schließlich hört sie mit dem Rollen auf, öffnet das Bambusrollo und nimmt den Stoff heraus. Er ist jetzt gemustert und geschrumpft. Sie breitet ihn wieder auf dem Tisch aus, stellt sich hin und betrachtet ihn mit prüfendem Blick.

»Der braucht noch …«, murmelt sie und holt noch mehr Flocken. Sie bringt an ein paar Stellen weitere Farben an, reibt sie mit den Fingern, damit sie haften bleiben, stellt sich wieder hin und wägt ab.

Dann zieht sie Hemd und Hose aus und sieht mich an, als würde sie sich erst jetzt wieder daran erinnern, dass ich auch im Raum bin. Sie hat einen schwarzen BH an, und der Kopf einer kleinen tätowierten Echse lugt unter dem Rand des BHs hervor. Als ich klein war, wollte ich immer die Knöpfe von Tante Annus Bluse aufmachen und die Echse kitzeln.

»Jetzt spritzt es gleich«, warnt Tante Annu, aber mich stört das nicht. Jetzt kommt nämlich die beste Phase beim Walken.

Die Tante gießt noch mehr Seifenwasser aus dem Eimer auf den Stoff, packt ihn an einer Ecke, klatscht ihn auf den Kachelboden und wirft ihn herum. Immer wieder hebt sie den nassen Stoff auf und schleudert ihn auf den Boden. Das Seifenwasser spritzt an die Wände, und auch mein Gesicht wird nass. Das Klatschen nennt man »den Fasern Angst einjagen«. Wenn die Fasern es mit der Angst zu tun bekommen, richten sie sich auf und verfilzen. So verdichtet sich der Stoff und wird dicker.

Es ist schwer, den großen, nassen Wollstoff hochzuheben. Meine Tante schwitzt, sie tanzt mit dem Stoff durch den Raum, und das Wasser spritzt.

Ich wische mir das Gesicht mit dem Ärmel ab und gehe hinüber ins Lager. Es liegt neben der Werkstatt, und dort bewahrt meine Tante die Wolle auf. Es gibt sie als Stoffrollen und als Knäuel in verschiedenen Größen, aber die Walkwollen sind Bälle, die wie Zuckerwatte aussehen, und die werden in durchsichtigen Plastikkisten in einem Regal aufbewahrt, das eine ganze Wand einnimmt. Die Wollwatte gibt es in allen Farben: Hellrot, Gelb und Türkis, allerlei Blau- und Grüntöne, verschiedene Oranges, Lilas, Brauns, Graus und Schwarz. Manchmal ist sie rau, manchmal glatt und gerade wie Engelshaar. Wenn man sie zu lange anfasst, werden die Hände ganz fettig.

Außer der Wolle gibt es im Lager Gläser mit allerlei Kleinigkeiten. Damit verziert die Tante ihre Walkarbeiten, wenn sie auf die richtige Größe geschrumpft und getrocknet sind. Silberfäden, trockene Blätter, Perlen und Münzen, Zimtstangen, vom Meer glatt geschliffene Stöcke, rostige Nägel, alte Fotos, Knöpfe, abgetrennte Reißverschlüsse, getrocknete Bohnen; fast alles, was sich mit einer Nadel am Stoff befestigen lässt.

Ich betrachte die Wolle und befühle die weißeste von allen. Sie ist weich und fein, als hätte sie jemand nach der Sauna gebürstet. Daneben liegen so viele verschiedene Weißtöne, dass mein Kopf schwirrt und ich mich gar nicht mehr erinnere, was Weiß eigentlich ist. Zwischen Grau, Gelb und Braun gibt es so viel Weiß. Aber wann verwandelt sich Grau in Weiß, wann Weiß in Gelb?

Das ist alles ziemlich schwierig. Es gibt keine klaren Grenzen zwischen den Farben, Weiß ist Gelb, und Brunos Braun ist Schwarz. Kälte brennt, und Frostwetter wärmt. Papas Zehen sind da, aber sie verschwinden.

17

Mitte Juni holt Tante Annu unsere Sommersachen aus dem Sägemehlhaus. Mein Vater und ich kommen nicht mit. Mein Vater nicht, weil er noch immer nicht das Haus betreten will. Ich nicht, weil ich ihn lieber nicht allein lasse.

Als die Tante wiederkommt, hat sie zwei Taschen dabei.

Für mich Sandalen, Sommerjacke, zwei Kleider, von denen eines schon zu klein ist, Shirts, ein dünnes Nachthemd und den Trainingsanzug. Für meinen Vater kurze Hosen, Sandalen und normale Anziehsachen. Eine Sonnenbrille trägt er sowieso schon. In der anderen Tasche sind Badeanzug und Badehose, mein Sonnenhut und Papas Mütze. Ganz unten liegt ein Stapel Post. Mein Vater blättert ihn durch, legt die Briefe für meine Mutter beiseite und macht nur seine eigenen auf.

»Ich kann mich darum kümmern, wenn du willst«, sagt Tante Annu und deutet auf Mamas Briefe.

»Das ist nur Reklame«, winkt mein Vater ab.

»Aber man kann trotzdem Bescheid geben.«

»Das kann man wohl.«

Die Tante nimmt den Stoß an sich und sagt nichts weiter.

»Ich schau mir jetzt mal die Schuppentür an«, murmelt mein Vater, setzt die Sonnenbrille auf und geht nach draußen.

»Warum riechst du nach Gras?«, frage ich die Tante.

»Ich habe euren Rasen gemäht«, antwortet sie. »Der ganze Garten ist ein einziger Urwald.«

»Wann können wir wieder zurück nach Hause?«

»Du, das weiß ich nicht«, antwortet meine Tante. Sie will noch etwas sagen, lässt es dann aber doch bleiben.

Ich setze den Sonnenhut auf. Ich denke über unser Zuhause im Sägemehlhaus nach, das mitten im Urwald steht, und über die Wohnzimmerwand, von der unter den Paneelen mein Bild lächelt. Dort stehe ich und warte, erstarrt an einem Renovierungstag vor zwei Jahren. Mit Ringelshirt und türkiser Strumpfhose, mit dem Rücken zur rußigen Tapete und von den Wandbrettern verdeckt. Und niemand hat

Bescheid gesagt, dass wir weggegangen sind. Und niemand weiß, wann wir zurückkommen.

Ich gehe zur Schafweide. Bruno kommt angerannt und macht böh. Er folgt mir wieder, obwohl ich ihm keine Milch mehr aus der Flasche gebe. Ich kitzle ihn über dem Schwanz, weil er damit dann so ulkig wedelt und so doof aussieht.

Die Schafe wollen immer möglichst hoch hinaus. Die Lämmer klettern auf die Rücken ihrer Mütter, und die Erwachsenen zanken sich ewig darum, wer auf dem Dach von Papas Auto liegen darf. Sie klettern auch auf den Springbrunnen und springen auf Baumstümpfe, Holzklötze und Schubkarren.

»Schafe sind ziemlich doofe Tiere«, gibt Tante Annu zu.

Am Abend liege ich in dem neuen Sommernachthemd, das meine Tante mitgebracht hat, in meinem Krankenhausbett. Wenn ich mich auf die Seite drehe, klappert der heruntergelassene Metallrand. Von den Bremsen an den Rollen ist eine kaputt, deshalb bewegt sich das Bett ein bisschen.

Ich denke über die Wände um mich herum nach. Ich ziehe eine Linie, die ihnen folgt, und innerhalb dieser Linie liegt mein Zimmer. Abgesehen von dem Geheimzimmer, denn ich wohne jetzt in dem Zimmer, wo in der Wandtäfelung eine Tür zu einem anderen Zimmer aufspringt. Ich unterbreche das Zeichnen der Linie und frage mich, ob das Geheimzimmer zu meinem Zimmer oder zum Zimmer nebenan gehört. Oder ob es ein Zimmer für sich ist, ob es von gar keiner Linie umgeben ist, weil es ein Geheimnis ist. Liegen Geheimnisse außerhalb von Linien? Kann Poirot seine mysteriösen Morde aufklären, weil er in den Linien die Lücken sieht, welche die Geheimnisse hinterlassen haben?

Manchmal habe ich zu viele Gedanken im Kopf. Das bringt meine grauen Zellen zum Kochen, und das Gehirn scheint überzuschäumen. Dann rufe ich Hercule Poirot zu Hilfe. Poirot nimmt ein Stück Kreide und zeichnet eine weiße Linie. Wenn sich die Gedanken innerhalb der Linie befinden, beruhigen sie sich. Poirot weiß, dass die Zahl der Gäste stimmen muss – nicht zu viele und nicht zu wenige. Auch die Gedanken müssen in ein Zimmer passen. Und wenn man einen Gedanken oder einen Gegenstand nicht braucht, kann man ihn weglassen.

18

Den ganzen Juni liegt mein Vater mit Sonnenbrille im Bett. Er tritt mit dem Fuß gegen die Gitter des Krankenhausbetts, *pam, pam, pam,* sodass sogar mein Zimmer erzittert. Als ich zur Tür hineinschaue und frage, was los ist, antwortet er:

»Ich spüre meine Zehen nicht!«

Und *pam,* wieder scheppert das Metall.

»Was passiert mit meinen Füßen?«, fragt er und starrt mich an, als wüsste er nicht, dass ich seine Tochter bin. Ich ziehe die Decke von seinen Füßen und schaue nach.

»Da sieht man nichts«, sage ich.

Mein Vater erschrickt: »Was? Man sieht sie nicht?« Er legt die Hände aufs Gesicht und reibt es. Seine ganze Stirn bewegt sich auf und ab, als wäre die Gesichtshaut lose.

»Sieht man meine Zehen nicht mehr?«, fragt er dann durch die Lücken zwischen den Fingern.

»Nein, die sind ganz normal.«

»Was?«

»Deine Füße sind normal.«

»Kannst du sie zwicken?«, bittet er mich.

Papas Zehen sind hässlich, knubbelig und hier und da behaart, und ich habe eigentlich keine Lust, sie anzufassen. Unten an den Zehen ist die Haut dick und weiß und blättert ab. Die Nägel sind gelb, vor allem an den großen Zehen.

Trotzdem zwicke ich ihn. Ich nehme einen Zeh nach dem anderen zwischen Daumen und Zeigefinger und drücke zu. Beim linken großen Zeh fange ich an und arbeite mich bis zum kleinen Zeh vor, dann mache ich es mit dem rechten Fuß genauso. Zum Schluss lasse ich mit meinen Fingern Regen auf die Fußsohlen prasseln, und da beruhigt sich mein Vater.

»Danke, Saara«, sagt er und zieht die Füße unter die Decke.

Pam, pam, pam. Wieder hört man das Hämmern an der Wand.

»Meine Zehen! Tut doch was!«, ruft mein Vater in seinem Zimmer. Jetzt hat er sich aufgesetzt, er sitzt zusammengeknotet auf der Bettkante, die Knie unters Kinn gezogen, die Zehen mit den Händen umschlossen.

»Die lösen sich ab«, sagt er. »Habe ich mich etwa verkühlt?«

»Was löst sich ab?«, frage ich.

»Die Zehen gehen ab«, antwortet mein Vater.

»Darf ich mal sehen?«

Er schüttelt den Kopf und umklammert die Zehen noch fester mit den Händen. Ich sehe nichts Außergewöhnliches an seinen Füßen, jedenfalls fließt kein Blut heraus.

»Soll ich zwicken?«, frage ich, obwohl ich eigentlich nur wegwill.

Mein Vater schüttelt den Kopf.

»Ich gehe«, sage ich und kehre in mein Zimmer zurück.

Da kommt Tante Annu nach oben.

»Jetzt aber mal im Ernst, Pekka …«, murmelt sie und geht in Papas Zimmer.

Ich bin mit einer Zeichnung noch nicht fertig. Ich lege die Hand auf ein Blatt Papier und fahre mit dem Stift um sie herum. Ich habe fünf Finger, der kleine ist etwas weiter weg, der Daumen ist ein bisschen schief. Dann die andere Hand. Eine vertraute Hand. Einmal durften in der Schule alle ihre Hände an die große Wand zeichnen, und obwohl da zweihundert Hände an der Wand waren, erkannte ich meine sofort. So vertraut sind sie mir.

»Streichelt mich!«, ruft mein Vater nebenan, denn Tante Annu ist schon wieder nach unten gegangen. Ich möchte nicht zu ihm. Ich spiele Burgherr, der die Jungfrau in der Mauer beerdigt. *Es war einmal ein Burgfräulein, das sich in den falschen Ritter verliebte. Man beschloss, sie zu bestrafen.*

Ich überlege mir eine passende Strafe für die Jungfrau.

Die Jungfrau rief: »Helft mir! Streichelt mich!«

Aber man trug sie in den Burghof, wo eine neue Hofmauer errichtet wurde. Man stellte das Burgfräulein in das Fundament. Während die Mauer um sie herum höher und höher wuchs, rief und schrie die Jungfrau unentwegt, aber schließlich verbargen die Steine sie ganz und gar, und auch ihre Stimme wurde gedämpft.

Für den Burgherrn war das nichts Besonderes. Er hatte schon oft ungezogene Jungfrauen in Mauern begraben, er scherte sich kein bisschen um die Rufe und die großen Zehen der Jungfrau.

Noch am nächsten Tag drang ihr Jammern zwischen den Steinen hervor. Am dritten Tag hörte es auf. Es vergingen drei Jahre, da wuchs an der Stelle, wo die Jungfrau begraben worden war, eine Birke aus der Mauer.

Am Abend kommt mein Vater nach unten. Er sitzt am Tisch und streicht mit den Fingern gedankenverloren über die Wand. Die Fischsuppe, die Tante Annu gekocht hat, wird auf dem Teller kalt.

»Auch diese Oberfläche hier, da weiß man nie, was sich am Ende darunter verbirgt.«

»Na, Holzbalken«, erwidert meine Tante.

»Aber in welchem Zustand. Das kann man nie ...«

»Ja, ja«, sagt Tante Annu, die von Papas Geschichten langsam genug hat.

Aber er macht einfach weiter: »Man weiß es nie. Man schaut auf die Wand, und sie sieht einfach nur nach einer Wand aus, es gibt eine Tapete und Leisten, und alles ist in Ordnung. Alles in Ordnung. Dann beschließt eines Tages jemand, die Wand mit Holzpaneelen zu verkleiden, er reißt eine Spanplatte heraus und bemerkt, dass dahinter etwas abbröckelt. Er schlägt mit dem Hammer gegen den Balken und spürt, wie der Hammer ins Holz eindringt. Er gräbt mit der Hand im Balken, und die ganze Hand geht durch die Wand hindurch. Das, was eigentlich tragen sollte, ist morsch. Hab ich schon oft gehört, solche Geschichten. Dann fragen die Leute, hast du das wirklich nicht gewusst. Wieso hast du nichts gemerkt? Hättest du das nicht ahnen können?«

»Dieses Haus ist jedenfalls ein gesundes altes Haus«, stellt die Tante entschieden klar.

Mein Vater schaut durchs Fenster nach draußen. Die Schafe fressen Gras, die Sonne scheint.

»Dann begreift man, dass das Ganze nur steht, weil es von den völlig falschen Dingen aufrecht gehalten wird: von Tür- und Fensterrahmen. Es gibt nichts Tragendes, alles ist brüchig, und nur wegen der anhaltenden Windstille ist das Haus noch nicht umgepustet worden. Ein gewöhnlicher Tag, eine Spanplatte, ein Morgen im Garten. Dann fallen plötzlich Dinge vom Himmel, und die Hand verschwindet in der Wand.«

Und nachdem er das gesagt hat, lehnt mein Vater den Kopf gegen die Wand.

Mama streichelte immer Papas Rücken. Sie erzählte immer, wie Papa ist. »Du müsstest dir mal die Haare schneiden lassen«, sagte sie. »Du siehst müde aus. Du siehst gut aus. Das steht dir nicht. Das steht dir. Was fragst du mich, wo du dich doch anscheinend längst entschieden hast? Doch, du kannst das. Jetzt sind wir hier, wir sind jetzt hier.«

Vielleicht hat Mama Papa immer daran erinnert, wie er ist, wo er aufhört und wo er anfängt, und jetzt, wo sie tot ist, zerfällt er. Seine Umrisse haben ein Leck, die weiße Linie hält ihn nicht mehr, seine Füße verschwinden.

Am liebsten möchte ich sagen: »Stell dich an die Wand, Papa, ich zeichne deinen Umriss.«

Dann könnte er das Bild anschauen und mit Filzstiften ausmalen, und dann würde er sehen, was für ein großer Mann er in Wirklichkeit ist.

19

Manchmal kann in einem Flugzeug, zum Beispiel an einem Wasserrohr oder an der Toilette, eine undichte Stelle auftreten. Das ist so. Wenn das heraustropfende Wasser blau ist, kommt es aus dem Klo, wenn es aber klar ist, hat es eine andere Quelle. Steht das Flugzeug auf der Erde, fällt das Wasser in Form von Tropfen auf den Boden. Ist es in der Luft, gefriert das tropfende Wasser wegen der niedrigen Temperatur draußen.

So ein Eisklumpen, der sich auf dem langen Flug bildet, kann so groß wie ein Fußball werden. Wenn die Maschine dann an Höhe verliert und die Lufttemperatur steigt, kann sich der Eisklumpen vom Flugzeug lösen und auf die Erde fallen. Das ist das, was am ehesten von einem Flugzeug herabfallen kann. Und wenn unten ein Haus steht, in dessen Garten gerade jemand arbeitet und eine Erdbeerpyramide plant, kann dieser Jemand den fußballgroßen Eisklumpen auf den Kopf bekommen und sterben. Das ist so.

Mein Vater sitzt jetzt viel am Computer. Er sieht wieder normal aus. Vielleicht kommt das daher, dass er keine Sonnenbrille mehr trägt, sondern seine normale Brille, und dass er keinen Pyjama mehr trägt. Oder daran, dass sich seine Zehen nicht mehr auflösen. Jedenfalls sitzt er am Computer, liest und klickt und hört kaum zu. Tante Annu versucht, ihn zum Arbeiten zu bewegen, weil der Schafzaun versetzt werden und der Komposter geleert werden muss, aber mein Vater brummt nur.

Er legt wieder los: »Nee, wirklich, das ist so. Hört euch das an.« Ich möchte mich am liebsten nach oben verdrücken.

»Hier gibt es so eine Liste. Das ist absolut unfassbar. Wieso wird darüber nicht mehr geredet? Motoren! Im August 2000 fiel von einer KLM-Maschine ein Motor herunter. Dem Kapitän gelang es, eine Notlandung auf einem Badestrand zu machen. Türen! Im März 2005 fiel die Tür einer Boeing der British Airways herunter, und die Maschine musste notlanden. Die Tür landete nur zwanzig Meter neben einem Paar, das gerade spazieren ging. Reifen! Im Mai 2001 löste sich bei einer Maschine von Blue Panorama Airlines der rechte Reifen. Klappen! Im Oktober 1999 löste sich bei einer Maschine von Delta Airlines eine Fahrwerksklappe und fiel mitten in eine ruhige Wohnsiedlung.«

Mein Vater macht eine Pause und schaut mich und Tante Annu vielsagend an. Es ist schön, dass er endlich etwas tut und wieder seine normale Kleidung trägt, aber ich finde, dass er sich ein bisschen zu viel mit diesen Computersachen beschäftigt.

»Es geht noch weiter: Meteoriten! Am 30. März 1954 machte Elisabeth Hodges in ihrem Wohnzimmer ein Mittagsschläfchen, als ein vier Kilo schwerer Meteorit in ihrem Dach einschlug, aufs Radio fiel und von dort gegen Elizabeths Hüfte prallte.«

Mein Vater zeigt ein Foto von Elizabeth Hodges im Internet. Sie hat einen echt großen blauen Fleck an der Hüfte.

»Fische! Wenn warme und kalte Luftmassen aufeinandertreffen, können kleine Tornados entstehen, die Fische und andere Meereslebewesen aus dem Wasser saugen und aufs Festland tragen können. Erdkröten! Im Jahr 1794 regneten auf französische Soldaten Hunderte Erdkröten mit Schwänzen herab. Golfbälle! Im Jahr 1969 fielen in Florida Hunderte Golfbälle vom Himmel. Aber hier heißt es auch, dass es Fälle gibt, in denen die Tornado-Theorie nicht aufgeht. Im Norden Griechenlands regnete es im Jahr 2002 ausschließlich Sardellen.«

»Vielleicht hat ein Flugzeug seine Ladung verloren«, schlägt Tante Annu vor.

»Aber 1859 regnete es in Wales nur Stichlinge. Und damals gab es noch gar keine Flugzeuge!« Mein Vater schaut uns über seine Brille hinweg an, als würde er auf die Lösung warten. »Außerdem ist der Stichling kein Schwarmfisch, und wie hätte eine Trombe bloß die Stichlinge aussieben und die übrigen Fische, Steine und Algenklumpen im Meer lassen sollen? Hast du je darüber nachgedacht, dass so etwas passieren kann?«, fragt er Annu.

»Wenn man sich die Jahreszahlen anschaut, dann hat sich fast jedes Jahr irgendwo auf der Welt eine Tür oder ein Motor oder was auch immer gelöst. Wenn von einer Baustelle ein paar Steine in die Fenster der Nachbarhäuser fliegen, steht es sofort in der Zeitung, und die Baufirma wird verklagt. Aber stellt euch doch mal vor, es fällt ein ganzer Flugmotor aufs Dach!«

»Damit schafft man es bestimmt in die Abendnachrichten«, sagt meine Tante.

»Ich habe es jedenfalls noch nie gehört.«

»In Finnland ist noch nichts heruntergefallen.«

Und Papas Liste geht weiter.

»Geld! 1940 regnete es in der Sowjetunion alte Rubelmünzen. Die Erklärung der Wissenschaftler lautet, dass es ein Geldversteck in der Erde gab, das durch die Erosion allmählich .freigelegt wurde. Der Wind hat den Schatz mitgerissen und dann auf die Erde regnen lassen. Im Jahr 1857 regnete es in Kalifornien an zwei Herbstabenden Zuckerkristalle. Für dieses Phänomen ließ sich keine Erklärung finden. Außerdem hat es auch Spinnen, Stare, Würmer und Wackelpudding vom Himmel geregnet.«

Mein Vater hört auf zu lesen und schaut uns wieder an.

»Wackelpudding?«, fragt Tante Annu.

»Jep. Spinnen, Stare, Würmer und Wackelpudding. Genauer wird es hier nicht erklärt.«

Allmählich muss ich anfangen zu lachen. Ich weiß, dass ich es nicht dürfte, aber ich kann nichts dafür. Ich stelle mir vor, wie Mama ausgesehen hätte, wenn Wackelpudding auf sie gefallen wäre. Kann man durch Wackelpudding sterben? Es klingt jedenfalls ungefährlicher als ein fußballgroßer Eisklumpen. Ich muss lachen, weil ich glaube, dass sich Mama den Wackelpuddingtod hätte ausdenken können. *Aarghblub-blub-blub*, hätte sie gemacht und so das Todesröcheln im Wackelpudding nachgestellt. Die Oberfläche des Wackelpuddings hätte noch gezittert, als die unglückliche Mama darin schon verstummt wäre.

»Verdammt, das ist aber auch schwer«, sagt Tante Annu und fängt plötzlich an zu kichern.

Mein Vater sieht sie überrascht an, runzelt die Augenbrauen, muss dann aber selbst schmunzeln.

»Das kannst du laut sagen.«

Dann entfährt ihm das erste Lachen dieses Sommers.

Wir lachen zusammen über Menschen, die an Wackelpudding sterben, über in die Luft geschleuderte Stichlinge, über das Paar, das am Strand spazieren geht, als neben ihm eine Tür herunterfällt, über die Engel, die etwas Schreckliches tun, ohne uns vorher zu warnen.

20 Ich habe schon gesehen, wie mein Vater manchmal hinauf zum Himmel blickt. Als würde er etwas überprüfen. Er verlässt das Haus, um zum Auto zu gehen, schaut nach zwei Schritten aber nach oben. Es ist nur ein kurzes Innehalten. Dann geht er weiter. Und ab und zu, wenn die Sonne hinter einer Wolke verschwindet und sich das Licht ändert, schaut er nach oben, was am Himmel vor sich geht.

Als hätte er erst jetzt verstanden, dass es über dem Garten immer den offenen Himmel gibt. Und über dem Himmel das Weltall, und im Weltall Raumschiffe, die kaputtgehen können.

Der Himmel ist eine Vorstellung, um die herum ich keine Linie ziehen kann. Der Himmel ist immer offen, er zerfließt, wie Papas Zehen.

21 »He, Papa, komm mal gucken!«, rufe ich, die Füße am Stamm der Hoflinde. Das Blut staut sich im Kopf, aber ich will verkehrt herum stehen bleiben, bis Papa es sieht.

Es ist ziemlich anstrengend, auf den Händen zu stehen und gleichzeitig zu rufen.

Papas Bart wird zum Haar, das Haar zum Bart, und die Ohren drehen sich auf ihrem Platz um. Falsch herum betrachtet sieht Papa leichter aus, ein bisschen so, als würde er ein kleines bisschen schweben. Die Sonnenbrille verwandelt sich in zwei ulkige schwarze Wangen.

»Papa, deine Stirnfalten sind ein Mund!«

Ich muss lachen. Plötzlich falle ich um. Es kracht, und die Schulter tut fürchterlich weh. Aaaah! Das Krachen kam aus der Schulter. Mein Vater steht wieder mit den Beinen auf dem Boden, läuft zu mir und versucht mir aufzuhelfen, aber das tut erst recht weh!

»Was ist passiert, Saara, was ist passiert?«

Ich kann nicht sitzen. Ich bin zusammengefallen wie ein Wäscheständer, habe mich verkantet, weiß nicht, wie ich mich wieder aufklappen soll. Die Finger kann ich noch bewegen, aber ansonsten bin ich in einer ganz seltsamen Position.

»Saara, Saara, Saara …«, keucht mein Vater.

»Hilf mir, Papa! Es tut so weh!«

Es gelingt ihm, mich auf alle viere zu drehen und mich dann ganz langsam, Stück für Stück, hinzusetzen. Ich wusste nicht, dass man dafür die Schulter braucht. Die Beine sind steif, weil die Schulter absteht.

»Wie ist das … Wieso hast du das gemacht? Du sollst so was nicht machen, du hättest mich rufen sollen, damit ich dich stütze …«, murmelt mein Vater und drückt meine Schulter.

»Aaaaah!«

Der Schrei klingt so fremd, dass auch meine Tante aus dem Haus gelaufen kommt. Sie schaut meinen Vater an und dann erst mich, den zusammengekrachten Wäscheständer. Mein Vater sieht klein und hilflos aus, so auf allen vieren neben mir. Wieder ist es ihm nicht gelungen, uns vor einer Gefahr zu beschützen. Ich betaste mit der rechten Hand meine Schulter, und ja, sie steht in eine komische Richtung ab. Die Welt hat mir den Arm ausgekugelt, bevor mein Vater irgendetwas tun konnte.

»Hallo, Saara«, sagt der Arzt, nachdem wir mit eingeschalteter Warnblinkanlage ins Krankenhaus gefahren sind. Er ist ein haariger Mann. Außer wilden Locken hat er noch Bartstoppeln und Haare im Nacken und auf den Händen. Aber er hat freundliche Augen und tut mir nicht weh, obwohl er die Schulter berührt.

»Du hast also gelernt, einen Handstand zu machen«, sagt er.

»Ja, am Baum.«

»Hast du gezählt, wie lange du ihn gehalten hast?«

»Bis siebenunddreißig.«

Dann schaltet der Arzt das Licht im Wandschrank an und zeigt mir ein Röntgenbild.

»Das hier ist deine Schulter«, fängt er an. »Diese Kugel hier müsste sich in dieser Mulde befinden und sich darin drehen, aber jetzt ist sie herausgesprungen.«

»Ich wusste nicht, dass es da so eine Kugel gibt«, sage ich und schaue mir das Bild genau an. Alles hat seinen Platz, auch unter der Haut. Ich denke über meine Schulter nach, dann über die Ellbogen, die Finger, die Knie, die Beine, die Zehen und die Stelle, die den Kopf mit der Wirbelsäule verbindet. Ist es wirklich so, dass sie jederzeit ausgekugelt werden können, wenn man nur ein bisschen was falsch macht oder zusammenklappt wie ein Wäscheständer? Mir ist nicht klar gewesen, dass der Mensch so empfindlich ist.

Zum Glück habe ich eine Haut drum herum! Was würde sonst die ganzen Hände und Finger und sonstigen Sachen, die jederzeit brechen und ausgekugelt werden können, zusammenhalten? Ohne Haut würde alles herunterfallen. Die abgebrochene Hand, der Magen oder sogar das Herz oder die Leber!

»So, Saara«, sagt der haarige Arzt und greift nach meinem Arm. »Jetzt habe ich eine wichtige Frage an dich. Erzähl mir mal, was deine Lieblingsvorstellung ist.«

Immer mal wieder trifft man auf Erwachsene, die Kinder ernst nehmen. Sie stellen interessante Fragen und hören zu, was das Kind antwortet. Mit solchen Erwachsenen kann man offen reden. Man kann sie was fragen, und sie geben anständige Antworten und sagen es auch, wenn sie etwas nicht wissen. Ich beschließe, diesen Arzt zu testen.

»Ich denke gern über die Zeit nach«, sage ich.

Genau in diesem Moment zieht der Arzt mit fürchterlicher Kraft ruckartig an meinem Arm, es kracht in der Schulter, und ein Schrei kommt aus meinem Mund. Der Arzt schaut mich mit seinen ruhigen Augen an.

»Über die Zeit? Das ist großartig! Versuch doch mal, den Arm zu bewegen.«

»Saara? Saara?«, ruft mein Vater vor der Tür und rüttelt an der Klinke.

»Ja, ja«, antworte ich, und das Rütteln hört auf.

Der Arm lässt sich wieder normal bewegen. Auch der Schmerz ist verschwunden. Ich überlege kurz, ob ich böse werden oder dem Arzt eins auf die Nase geben soll, aber das mit der Zeit interessiert mich so sehr, dass ich beschließe, es sein zu lassen.

»Was beschäftigt dich an der Zeit denn besonders?«, fragt der Arzt. Ich warte kurz, ob er wieder vorhat, etwas einzurenken, aber weil er mich nicht anfasst, denke ich mir, dass es eine ernst gemeinte Frage ist.

»Dass sich die Zeit so rückwärts bewegt.« Ich zeige es mit der Hand. »Hier ist jetzt, und hier sind die Sachen, die schon lange zurückliegen. Und sie bewegt sich so.«

Der Arzt nickt mit seinem Lockenkopf.

»Aber manchmal lösen sich Teilchen ab, die sich nicht mit der Zeit bewegen, sondern immer hier bleiben«, sage ich. »Alles andere verläuft rückwärts, aber diese Teilchen bleiben hier. Man kann sie vergessen, aber wenn man sich wieder an sie erinnert, sind sie genauso nah wie am Anfang.«

»Okay«, sagt der Arzt.

»Hast du auch solche Teilchen?«, frage ich ihn.

»Ja, na klar«, antwortet er.

Ich warte ab, und er redet weiter: »Zum Beispiel, als ich meine Tochter zum ersten Mal auf den Arm nahm.«

»Und sonst?«

»Na, zum Beispiel, als mein Sohn lernte, ohne Stützräder Fahrrad zu fahren, und ich losließ.«

Ich stelle mir vor, wie der haarige Arzt aussieht, wenn er das Fahrrad loslässt und seinem Sohn hinterherschaut, der davonfährt. Dann sage ich: »Ich habe Teilchen von meiner Mutter. Sie sind ganz deutlich, aber lose.«

»Ich glaube, das macht nichts«, sagt der Arzt.

»Nein?«

»Ich glaube, man kann die Teilchen lassen, wie sie sind.«

»Okay«, sage ich. »Ich hätte da noch eine Arztfrage. Sie hat mit Blut zu tun.«

»Schieß los«, sagt der haarige Arzt.

»Warum ist Blut durch die Haut betrachtet blau, aber wenn es rauskommt, rot?«

»Das ist wirklich eine gute Frage! Das Blut, das in den Venen fließt, *ist* blau, solange es in den Venen ist. Wenn es nach außen dringt und sich mit Sauerstoff verbindet, wird es rot. Und auf die gleiche Weise macht das Herz das Blut rot, weil es dem Blut Sauerstoff zuführt.«

»Wow«, sage ich. »Ich hätte noch eine zweite Frage: Kann man sich das Auge auskugeln, wenn man nicht oft genug blinzelt?«

Der Arzt schaut mich an und blinzelt vielleicht wegen meiner Frage mehrmals mit seinen dunklen Augen.

»Nicht wirklich. Aber mein Spezialgebiet sind Röntgenbilder, ich bin also kein Augenexperte.«

»Die Augen haben keine Knochen«, sage ich nickend.

»Genau«, bestätigt der Arzt.

»Und wenn man heftig niest? Kann sich dann ein Auge lösen?«

»Mit offenen Augen kann man nicht niesen«, antwortet der Arzt.

»Ich weiß! Ich habe es versucht.«

Ich zeige dem Arzt, wie ich versucht habe, mithilfe der Finger die Augen dabei offen zu halten.

»Hat es funktioniert?«

»Es hat nicht funktioniert«, antworte ich, und der Arzt zwinkert mir verschwörerisch zu.

Bevor ich gehe, gibt er mir das Röntgenbild mit. Darauf leuchtet meine ausgekugelte Schulter, blau und ganz deutlich.

»Das kannst du dir einrahmen lassen«, sagt der haarige Arzt.

Im Gutshaus versieht Tante Annu das Bild mit einem goldenen Rahmen, und ich hänge es in meinem Zimmer an die Wand. Nicht viele Mädchen besitzen ein Bild von ihrem Skelett.

22

Im Sägemehlhaus hatte mein Vater immer Angst, dass die Wände feucht werden könnten. Oder dass das Dach ein Loch hat oder die Sickerleitung verstopft ist oder ein Wasserrohr platzt. In einem Holzhaus gibt es so viele Sachen, die im Eimer sein können, und mein Vater musste sich um sie alle Sorgen machen.

Wenn es stark regnete, stand er manchmal neben dem Kleiderschrank und strich über die Wand.

»Findest du, dass sie feucht ist? Wieso ist sie so kalt?«, fragte er meine Mutter.

Er hatte immer das Gefühl, dass sich hinterrücks ein Problem einschlich – durchs Dach, durch die Ritzen in den Wänden, durch den Schornstein oder die Belüftungslöcher im Keller. Dass er es merken sollte, es aber nicht merken würde, und dann wäre alles zu spät und das Sägemehlhaus wäre morsch, oder bei uns würde wegen der Radonstrahlung die Krebskrankheit ausbrechen, oder der Schornstein würde in Flammen aufgehen, oder durch die größer gewordenen Löcher von den Dachnägeln würde Wasser eindringen und das morsche Dach würde über unseren Köpfen zusammenbrechen, oder durch die losen Steine im Ofen bekämen wir eine Kohlenmonoxid-Vergiftung, und das wäre dann seine Schuld.

»Auch Spanplatten sind gefährlich«, erklärte er Mama und mir. »Die sondern Formaldehyd ab. Wir müssten eigentlich alle Wände herausreißen und gegen Rigipsplatten austauschen. Das wäre auch brandschutztechnisch sicherer, denn so ein Spanplattenhaus brennt wie Zunder. Aber das kostet, wenn man alle Wände neu macht. Bei der Gelegenheit müsste man auch die Küchenschränke auseinandernehmen, und das Bad, dort ist eine Spanplatte sowieso die denkbar schlechteste Idee, wer weiß, was da drin so alles vor sich hin gärt ...«

»Pekka, seit zwei Jahren warten die Rauchmelder im Besenschrank darauf, dass sie jemand an der Decke anbringt. Zerbrich dir also nicht den Kopf wegen der Spanplatten«, sagte meine Mutter und streichelte meinem Vater den Nacken.

Wenn ihn meine Mutter so streichelte, keuchte er kurz wie ein unzufriedener Hund, ergab sich dann aber und wurde ruhiger.

»Das Geräusch, das diese Brandmelder von sich geben, geht einem einfach zu sehr auf die Nerven«, murmelte er.

»Da bin ich vollkommen deiner Meinung«, pflichtete meine Mutter ihm bei.

Im Gutshaus ist es nicht schlimm, wenn es heftig regnet. Wir sitzen am Fenster, Papa und ich, und schauen auf den grauen, rauschenden Regenvorhang. Wenn man glaubt, dass es so stark prasselt, wie es stärker nicht mehr geht, regnet es doch noch ein bisschen heftiger. Es ist feucht und gemütlich. Der graue Vorhang tost, es plätschert aus dem Fallrohr, das Dach dröhnt, und im Ofen macht es unregelmäßig *tip, tip, tip*, wenn Wasser zum Schornstein hineintropft. Die Fensterscheiben sind beschlagen, obwohl dazwischen Flechten liegen, und die Dachrinne läuft über. Der Schlamm spritzt, wenn die Tropfen auf die Erde pladdern, und auf dem Sandweg ist eine große Pfütze entstanden.

Aber Papa stört das nicht. Dieser Schornstein gehört nicht ihm, und er sagt nicht: »Wir müssten die Schornsteinhüte anbringen. Der fällt sonst vor lauter Feuchtigkeit auseinander, und mit welchem Geld sollen wir den dann reparieren lassen?«

Das hier ist nicht unser Dach, diese Wände sind nicht aus Sägemehl, unter dem Haus befindet sich kein Keller, in den Wasser fließen kann. Nichts ist verschimmelt, oder alles ist schon feucht und sowieso voller Schimmel.

Mein Vater versuchte immer, uns zu beschützen, aber das reichte am Ende nicht. Er hat sich zu sehr auf die Wände konzentriert und dabei den Himmel vergessen.

Jetzt hört er einfach zu, wenn im Rauchfang das *tip, tip, tip* ertönt.

23

Als der Regen schon zwei Wochen andauert, schlägt Tante Annu vor, dass wir zum Sägemehlhaus fahren, um die Regenrinnen sauber zu machen. Mein Vater brummt und quengelt und will sich lieber die baufällige Decke im Nebengebäude des Guts ansehen.

»Man kann das Haus auch verkaufen«, sagt Tante Annu. »Aber man sollte es nicht ewig leer stehen lassen, denn dann verfällt es.«

»Ich hab gedacht, dass ich heute damit anfange, die Decke rauszureißen«, knurrt mein Vater.

Tante Annu starrt ihn an und sagt nichts.

»Es ist keine große Aktion und dann kannst du auch endlich die Garage benutzen. Jetzt muss man da ja ständig Angst haben, dass ein Balken oder ein Brett aufs Auto fällt.«

»Es ist ein Holzhaus, darin muss man wohnen«, sagt Tante Annu. »Sonst wird es feucht, das weißt du doch.«

»Und ob«, sagt mein Vater.

»Ihr könnt von mir aus natürlich auch auf dem Gut wohnen.«

»Wir werden ja wohl nicht für immer hierbleiben.«

»Können wir bitte trotzdem hinfahren und die Regenrinnen sauber machen?«

»Ich will da nicht hin, ist das, verdammt noch mal, so schwer zu begreifen!«, schreit mein Vater plötzlich aus vollem Hals. Sogar Tante Annu zuckt zusammen.

»Ich will das Haus nicht sehen, ich will den Garten nicht sehen, ich kann mir diesen Garten nicht anschauen, weil ich dann meine Frau ohne Kopf dort vor Augen habe, okay? Was ist daran so schwer zu verstehen? *Was ist daran so schwer?*«

Eins, zwei, drei.

Die Zeit vergeht, Mama bewegt sich rückwärts.

Die Wanduhr im Gutshaus.

Mamas Kopf. Mama ohne Kopf.

Was ist daran so schwer?

Die Gedanken rutschen mir weg, ich kann sie nicht aufhalten, sie schäumen auf wie ein Pfefferminzbonbon, wenn man ihn in Coca-Cola fallen lässt. So ein Experiment haben mein Vater und ich einmal gemacht, die ganze Cola ist aus der Flasche geschäumt. Mein Vater wollte mich beschützen und hat einen Autoreifen auf mich fallen lassen.

Ich rutsche vom Stuhl und verziehe mich in den ersten Stock. Mein Vater ist bestimmt gleich wieder ganz aufgelöst und fängt an zu zittern, und dann heult es wieder im Ofen. Ich befürchte, dass mir jemand nachkommt, und das will ich jetzt nicht. Also verstecke ich mich in der Bibliothek. Ich schließe die Tür, springe auf die Fensterbank und setze mich hinter den Vorhang.

Draußen regnet, regnet, regnet es. Ich lehne die Stirn gegen das Fenster und schließe die Augen. Ich zeichne eine weiße Linie, rundherum, rundherum.

In der Bibliothek des Guts gibt es keine Bücher. Vor dem Fenster steht ein alter Schreibtisch aus Holz, und mitten im Raum stehen drei Sessel und ein Sofa im Kreis. Darin können vornehme Herren Zeitung lesen und Zigaretten rauchen. Auf dem Couchtisch und auf dem Schreibtisch stehen überquellende Aschenbecher. Auch auf der Fensterbank riecht es leicht nach Rauch, die dicken Samtvorhänge haben ihn jahrelang aufgesaugt.

Würde auf Förstorgård ein Mord geschehen, wäre dies der Raum, in dem Hercule Poirot die Gäste versammeln würde.

»Beruhigen Sie sich, *Mademoiselle*, kein Grund zur Sorge«, sagt Poirot und zieht die Samtvorhänge ein Stück zur Seite. Er tätschelt mir die Hand und deutet auf einen der Sessel. Ich schüttle den Kopf und rücke in die hinterste Ecke der Fensterbank.

»Meine Mutter hatte keinen Kopf mehr!«, rufe ich aus.

»*Mon dieu!* Bestimmt gibt es für alles eine Erklärung«, sagt Poirot. »Und alles hat seine Zeit. Jetzt ist die Zeit gekommen, die Wahrheit zu enthüllen.«

Ich weiß nicht, wovon er spricht. Ist das schon die Schlussszene? Poirot ordnet die Sessel in der Bibliothek an. Er hat die Absicht, vor dem Kamin auf und ab zu gehen, und möchte, dass die Sessel dafür im Halbkreis stehen. So sehen alle, wie Hercule Poirot geht und denkt.

»Hast du vor, für unsere Lage eine Lösung zu finden?«, frage ich und öffne den Vorhang ein wenig mehr.

Hercule Poirot verneigt sich leicht. Er zieht seinen dunklen Mantel aus und legt ihn sorgfältig über die Sessellehne. Dann zupft er die Ärmel etwas nach oben und richtet seine Fliege. Er schwitzt sicherlich in diesen Kleidern. Er trägt sogar Gamaschen über den Schuhen, und das, obwohl Sommer ist.

»Mein Kind. Alles wird sich klären, wenn wir nur die Tatsachen ordnen«, versichert Poirot und hebt seinen dicken Finger. In echt sieht er dicker aus als im Fernsehen.

»Also. Herrschte in der Nacht vor dem Todesfall Frost?«

»Nein, es war am Anfang der Sommerferien!«

»Aber es war Eis auf der Erde?«

»Mein Vater sagte, es ist Glas.«

»Aber es war Eis, *n'est-ce pas*? Du hast es mit der Hand geprüft?«

»Ja.«

»*Très intéressant* ... Ein faszinierender Fall!« Poirot fährt herum und geht vor den Sesseln auf und ab. Dann bleibt er vor mir stehen und schwenkt den Finger hin und her.

»Du läufst gern Schlittschuh, nicht wahr?«

»Was?«

»Du bist gut im Skilaufen? Hast den zweiten Platz beim Knirpsrennen gemacht? Du bist mit deiner Mutter auf dem zugefrorenen See Ski gelaufen?«

Der Schweiß perlt auf Poirots Stirn, aber er wischt ihn jetzt nicht ab, mitten in der wichtigsten Szene. Ich verstehe überhaupt nicht mehr, wovon er redet. Es ist Sommer, hier ist es heiß, die Wespen summen im Wilden Wein, und Poirot steht in seinen Gamaschen dumm vor mir.

»Das Eis ist vom Himmel gefallen! Es hat Mus aus Mamas Kopf gemacht! Du kapierst gar nichts!«

»Mein Kind …«

»In den Poirot-Geschichten kommen nicht mal Kinder vor!«, rufe ich. »Das sind alles Erwachsene! Du irrst dich, du kannst gar nichts!«

Poirot schweigt.

»Das ist die Tat eines niederträchtigen Gemüts«, murmelt er dann langsam und streicht über seinen Schnurrbart. »Wir haben nicht viel Zeit. Wenn sich meine Ahnung als richtig erweist, müssen wir euch in Sicherheit bringen, und zwar schnell. Hastings!« Poirot schaut sich um, aber Hastings hat den Weg in die Bibliothek nicht gefunden.

»Zum Postamt! Sind die Weihnachtskarten schon verschickt worden?«

Ich schüttle den Kopf.

»Du hast die Karten gebastelt, *n'est-ce pas*? Schneeflocke, Wichtel, Engel, *oui*? Ich brauche die Adressen, alle Adressen! Genau, du hast es erraten: die Engel! Jene grausamen Boten. Und wenn es sich so verhält, wie ich vermute, befindet sich unter den Adressen das, was ich suche!«

Hercule Poirot streckt die Brust heraus und tupft sich dann mit dem Taschentuch die schweißnasse Stirn.

»Du hast ja keine Ahnung, worum es hier geht«, sage ich hinter dem Vorhang.

»Unterschätze nie …«

»Na, worum handelt es sich denn?«

Poirot geht noch einmal vor dem Kamin auf und ab. Er wünschte, er hätte mehr Publikum, aber wir haben nun mal gerade keine Gäste. Das hier ist eine schlechte Schlussszene. Und es gibt auch keinen Mord.

»Fassen wir die Tatsachen zusammen: Eissplitter auf dem Rasen. Das Knirpsrennen. Eine Mutter, die verschwindet. Ein Vater, der verschwindet – zum Teil. Ein liebes Kind, das in einem Geheimzimmer verschwindet …«

»Du kannst den Fall auch nicht lösen«, sage ich.

Poirot schaut mich kurz an und zwirbelt seinen Schnurrbart.

»Es wird eine Fortsetzung geben«, schlägt er vor. »Nicht immer reicht eine Folge für ein Mysterium aus. Nicht immer passen alle Gäste in die Bibliothek. Dann braucht man eine Fortsetzung.«

»Nein.«

Hercule Poirot sieht mich an.

»Pourquoi pas?«

»Du nützt hier gar nichts.«

»D'accord«, meint Poirot beleidigt. Dann nimmt er seinen Mantel vom Sessel, zieht ihn an und tupft sich noch einmal mit dem Taschentuch die Stirn trocken.

»Ein Hercule Poirot versteht sehr wohl, wenn seine Dienste nicht erwünscht sind«, stellt er fest, lüftet leicht den Hut und geht hinaus. Ich höre, wie sich seine Schritte zur Treppe hin entfernen.

24 Dann finden wir eines Morgens Tante Annu am Küchentisch. Sie hat die ganze Nacht dort gesessen, mit einem Zettel in der Hand und der Brille auf der Stirn. Auch die Küche ist ganz müde von der durchwachten Nacht, von den brennenden Lampen und dem menschlichen Atem. Der Gefrierschrank seufzt immer wieder auf. Meine Tante hat offenbar einen Teil der Nacht mit der Stirn auf dem Arm geschlafen, denn sie hat das Muster der Pullovermaschen auf der Wange.

Mein Vater sieht sie an, schweigt aber, bis er sich Kaffee eingegossen und mir Rice Krispies in die Schüssel geschüttet hat. Dann setzt er sich hin und fragt: »Na?«

Tante Annu wirft ihm einen Blick zu, dreht den Zettel in der Hand und blinzelt. Wenn ein Mensch richtig müde ist, wird sogar sein Blinzeln langsamer. Dann kann man nicht deutlich erkennen, wann das Auge zugeht und wann wieder auf.

Annu hält meinem Vater den Zettel hin und sagt: »Ich hab im Lotto gewonnen.«

»Stimmt.«

»Nein, ich habe noch einmal im Lotto gewonnen.«

Die Tante kratzt sich am Kopf, entdeckt dabei ihre Brille auf der Stirn und nimmt sie ab. »2,8 Millionen, bar auf die Kralle.«

Mein Vater knallt die Tasse auf den Tisch. In meiner Schüssel knistern die Krispies.

»Warum spielst du immer noch Lotto?«

»Seit meiner Studienzeit spiele ich Lotto.«

»Aber du hast doch schon gewonnen!«

»Ich darf ja wohl spielen, wie es mir Spaß macht!«, regt sich meine Tante auf.

»Was versuchst du eigentlich zu beweisen?!«, ruft mein Vater, und erst jetzt kapiere ich, dass das ein Streit ist, obwohl ich mir nicht sicher bin, worüber gestritten wird.

»Das meine ich ja! Nichts! Du bist doch derjenige, der hier irgendeine Verschwörung beweisen will und ständig zum Himmel schielt!«

»Sei still!«

Mein Vater knallt erneut den Kaffeebecher auf den Tisch und steht polternd auf. Er geht mit großen Schritten zum müden Kühlschrank, nimmt den Orangensaft heraus und lässt ihn gleichzeitig ins Glas und auf den Tisch schwappen, während er weiterschreit.

»Dass du immer weiter Lotto spielst und in den Geschäften nach Sonderangeboten jagst, macht es auch nicht besser. Du hast das Konto doch voller Geld!«

Jetzt steht auch Tante Annu polternd auf. Auch sie will etwas durch die Gegend schmeißen, darum befördert sie die Brille mit Schwung auf den Zeitungsstapel.

»Was soll das denn jetzt? Es geht auch nicht davon weg, dass man den ganzen Sommer mit der Sonnenbrille auf der Nase im Bett liegt!«

Dann stehen Annu und mein Vater lange still da. Tante Annu dreht den Zettel zwischen den Fingern.

»Ist es der Hauptgewinn?«, fragt mein Vater schließlich.

Tante Annu nickt.

»Ich wusste nicht, dass jemand zweimal gewinnen kann«, sagt mein Vater.

»Herrschaftszeiten, ich doch auch nicht.«

Ich schlürfe die Milch aus der Schüssel und wische mir

den Mund mit dem Ärmel ab, und obwohl man das normalerweise nicht darf, weil die Sachen dann nach saurer Milch riechen, sagt mein Vater nichts.

»Darüber muss ich jetzt erst mal ein bisschen nachdenken«, sagt Tante Annu. Dann setzen mein Vater und sie sich wieder hin und gucken nachdenklich vor sich hin. Niemand spricht über eine Jackpot-Torte.

»Ich glaube, ich leg mich jetzt mal hin und schlafe ein bisschen«, sagt Tante Annu schließlich. Sie wirft einen Blick auf meinen Vater, und beiden entwischt ein Kichern, das aber so plötzlich aufhört, wie es angefangen hat. Offensichtlich ist der Streit vorbei.

»Zum Teufel aber auch«, sagt mein Vater.

Und dann steigt Tante Annu ins Turmzimmer hinauf und schläft ein. Am Nachmittag schickt mich mein Vater hoch, um sie zu fragen, ob sie zum Kaffee kommen möchte, aber die Tante schnarcht einfach weiter. Am Abend klopft mein Vater an die Tür und macht auf der Wendeltreppe Lärm, aber die Tante rührt sich nicht.

»Ob sie Migräne hat?«, fragt sich mein Vater.

Am nächsten Morgen rüttelt er die Tante, aber sie brummt nur, schiebt seine Hand von ihrer Schulter weg und dreht sich auf die andere Seite.

»Geht es dir gut? Es ist schon Donnerstag.«

»Ich schlaf noch ein bisschen«, murmelt Tante Annu.

Mein Vater kriegt sie beim besten Willen nicht wach, und schließlich ruft er im Ärztezentrum an.

»Wie soll ich sie denn dort hinbringen?«, faucht er ins Telefon. »Sie schläft im Turm im zweiten Stock, und sie ist schwer!«

Im Telefon dudelt der Warteton, und mein Vater trommelt mit den Fingern gegen die Fensterscheibe in der Küche. Endlich kommt die Krankenschwester wieder an den Apparat und sagt, am Nachmittag wird ein Arzt einen Hausbesuch machen.

»Ich habe geahnt, dass etwas in der Art passieren wird«, murmelt mein Vater vor sich hin.

»Was in der Art?«, frage ich.

»Ich weiß nicht«, antwortet er. »Etwas Ernstes.«

Der Arzt horcht das Herz und die Lunge meiner Tante ab, kneift ihr ins Ohr und klatscht in die Hände, nimmt ihr Blut ab und schaut ihr mit einer Taschenlampe in die Augen.

Ihr Blut läuft durch einen roten Schlauch in ein Röhrchen, und ich merke mir diesen Gedanken: Das Blut fließt, obwohl der Mensch schläft.

»Ist es das Herz?«, fragt mein Vater an der Tür. »Annu hat immer ziemlich ungesund gegessen. Und in unserer Familie gibt es eine Neigung zu Herz-Kreislauf-Erkrankungen.«

»Das Herz hört sich ganz normal an«, sagt der Arzt.

»Überprüfen Sie auch ihre Zuckerwerte?«, fragt mein Vater weiter. »Heute Nacht ist mir eingefallen, dass es auch Diabetes sein könnte.«

»Ist vor dem Einschlafen etwas Besonderes vorgefallen?«

»Ein Lottogewinn«, antwortet mein Vater.

Der Arzt hebt die Augenbrauen, sagt aber nichts.

»Zum zweiten Mal«, sage ich hinter meinem Vater.

»Genau«, murmelt mein Vater.

»Aha«, meint der Arzt.

»Als sie zum ersten Mal gewonnen hat, ist sie nicht eingeschlafen«, erkläre ich. »Da haben wir Torte gegessen.«

»Genau«, sagt mein Vater.

»In diesem Fall handelt es sich dann wahrscheinlich um eine Reaktion auf den Schock«, sagt der Arzt. »Der Geist braucht Ruhe und macht sozusagen die Schotten dicht. Lassen Sie sie schlafen. Sie wird schon aufwachen, wenn es so weit ist. Stellen Sie ihr einmal am Tag Saft und etwas leicht Verdauliches zu essen hin.«

Dann geht er.

Und so schläft Tante Annu. Wir bringen ihr Saft, Zwieback und Grütze. Sie isst und trinkt im Schlaf, manchmal macht sie sogar die Augen einen Spaltbreit auf, aber in ihrem Blick liegt nur eine matte Leere. Sie verschlingt den Zwieback, dreht sich auf die andere Seite und sinkt mit Krümeln auf den Lippen zurück in den Schlaf.

25

Jetzt bin ich ganz allein. Meine Tante schläft, mein Vater repariert die Decke im Nebengebäude, meine Mutter ist tot, und die Sommerferien sind noch immer nicht vorbei.

Mein Vater kocht schlechtes Essen, zum Beispiel Würstchen, die innen noch gefroren sind. Pfannkuchen backen kann er auch nicht. Er liest das Rezept im Internet nach, aber trotzdem ist es am Ende nur Pampe. Wir essen den fettigen, mit Zucker bestreuten Pfannkuchenmatsch, und mein Vater schnaubt verärgert.

»War wohl ein schlechtes Rezept. Ich hab alles genau so gemacht, wie es da stand. Und dann Annus Pfannen. Wenn sie sich von dem Geld wenigstens mal neues Kochgeschirr kaufen würde. Aber der Geschmack ist immerhin ... Die schmecken doch trotzdem nach Pfannkuchen, Saara, oder nicht?«

»Geht so.«

Mein Vater fängt wieder an, mit den Füßen gegen die Gitter zu treten, und der Arzt schreibt ihn noch länger krank. Dann vergisst mein Vater, mich zur Schwimmstunde anzumelden, obwohl ich diesen Sommer kraulen lernen soll, und zum Trost kauft er mir eine ganze Tüte mit neuen Anziehsachen für den Herbst.

Ich stehe in dem neuen türkisen Pulli vorm Spiegel und kann meine Handgelenke sehen, weil die Ärmel zu kurz sind. Die Jeans ist immerhin lang genug, aber der Knopf geht nicht zu.

»Sind die nicht schick?«, fragt mein Vater und betrachtet mein Spiegelbild.

Ich drehe mich zu ihm um und reiße mir die Klamotten herunter. Der Pulli ist so eng, dass ich fast nicht durch den Halsausschnitt passe. Hat mich mein Vater den ganzen Sommer über so wenig angeguckt, dass er nicht einmal weiß, was für ein großes Mädchen ich geworden bin?

»Du bist blöd! Du kannst gar nichts!«, schreie ich ihn an und marschiere aus dem Zimmer.

Ich ärgere mich so sehr, dass ich den ganzen Abend über nicht mit ihm rede. Kein Wort, auch wenn er Nudelauflauf gemacht hat. Der Auflauf ist hart und weiß. Wie ein mit dem Messer ausgeschnittener Würfel steht er auf dem Teller.

26

Die Schafe meiner Tante sind auf der Weide. Sie riechen nach Tante Annu, und davon bekommt man ein heimeliges Gefühl. Ich versenke die Hände in Brunos brauner, also schwarzer Wolle und streichle ihn am Kopf. Er lässt die Ohren kreisen, das eine gerade, das andere schief, und verscheucht damit die Fliegen. Aber Bruno hat sich in ein normales Schaf verwandelt und kann mich nicht mehr trösten. Er folgt mir immer noch, aber er hat aufgehört zu hüpfen und ein niedliches, ulkiges Lamm zu sein. Er ist jetzt langweilig und sieht genauso doof aus wie die anderen Schafe in der Herde. Mampft Gras und rennt zwischendurch sinnlos herum.

Meine Tante hat mal gesagt, dass sie kein Lammfleisch essen kann. Ihrer Meinung nach ist das Schaf das einzige Tier, das geschlachtet genauso riecht wie lebendig. Ein Kotelett riecht nicht nach Schwein, Hackfleisch riecht nicht nach Kuh, aber eine Lammkeule riecht nach Lamm. Und darum lässt Tante Annu jeden Lammbraten stehen.

Ich weiß nicht, ob die Schafe gemerkt haben, dass Tante Annu fehlt. Sie haben dumme Augen, sie sehen dumm aus, wenn sie kauen, sie zucken bei allem Möglichen zusammen und lassen die Kacke prasseln, ohne dass sie es merken. Eines Tages blieb ein weißes Schaf mit der Wolle am Stacheldraht hängen. Da stand es, hatte vielleicht seit dem Vorabend da gestanden und sah aus, als hätte es bereits beschlossen, alle Hoffnung fahren zu lassen und zu sterben. Als ich zu ihm ging, bekam es Angst und machte einen kleinen Hüpfer zurück. Dieser kleine Hüpfer genügte, um die Wolle vom Stacheldraht zu befreien, und das Schaf rannte zu den anderen, als wäre nichts gewesen. Ich sah ihm hinterher und dachte mir, du hättest es wenigstens ein bisschen selbst versuchen können, wo es doch nur von so einer Kleinigkeit abhing, aber etwas zu versuchen ist nicht die große Stärke eines Schafs.

Ich kraule Brunos Nacken. Ich habe gehört, dass jedes Schaf im Nacken eine Stelle hat, wo es so kitzelig ist, dass es den Kopf höher und höher recken muss. Und wenn es den Kopf zu hoch gestreckt hat, fließt kein Blut mehr ins Gehirn, und das Schaf wird ohnmächtig.

Ich probiere aus, ob ich Bruno ohnmächtig machen kann. Ich kraule ihn im Nacken und suche die Stelle, an der es ihn kitzelt. Nach ein paar Versuchen bringe ich ihn tatsächlich dazu, den Kopf zu recken. Brunos Augen glotzen zum Himmel, aber dann vollführt er plötzlich eine Drehung und entwischt mir. Er hoppelt einmal um sich selbst und kommt dann wieder her, um sich weiter kraulen zu lassen.

Ich probiere es noch einmal. Beim Kraulen muss man den richtigen Druck ausüben. Wenn es zu wenig ist, reckt sich der Kopf nicht, und wenn es zu viel ist, rennt Bruno davon. Ich kraule, Bruno hebt den Kopf.

Beim vierten Mal klappt es schon ganz gut. Brunos brauner Kopf reckt sich immer mehr in die Höhe, ich kraule und kraule. Und schließlich, völlig überraschend, plumpst Bruno bewusstlos vor mir auf die Erde.

Ich starre auf das ohnmächtige Schaf. Seine Augen sind offen, auch der Mund steht einen Spaltbreit auf, sodass man seine Zähne sieht. Es vergeht eine Weile, dann kommt Bruno wieder zu sich. Er steht auf, macht einen Sprung zur Seite, rennt zu einem Stein und wieder zurück und kommt dann wieder zu mir.

Merkst du Trottel denn überhaupt nichts?, frage ich ihn innerlich und streichle Bruno hinter seinem schiefen Ohr. Aber er kapiert nichts. Er versteht nichts und kann mich nicht trösten, er hat einen harten Schädel, und nichts tut ihm weh. Angeblich kann man einem Schaf mit der Faust auf den Kopf hauen, und es passiert nicht mehr, als dass man sich selbst die Knöchel verstaucht.

Tante Annu wird einfach nicht wach. Sie schläft jetzt schon zwei Wochen und hat aufgehört, die Imbisse zu sich zu nehmen, die wir ihr hinstellen. Wasser trinkt sie noch immer, aber nur wenig. Sie scheint in einen tieferen Schlaf gesunken zu sein als in der ersten Woche, ihr Atem ist langsam und gleichmäßig, und sie wechselt auch die Haltung nicht mehr so oft wie am Anfang. Der Arzt kommt wieder vorbei, aber auch er schafft es nicht, die Tante aufzuwecken. Seiner Meinung nach soll sie schlafen, wenn sie nun mal müde ist. Aber in einer Woche muss sie zur Infusion ins Krankenhaus, falls sie weiterhin nichts isst.

Ich mache mir ein bisschen Sorgen um Tante Annus Zähne. Sie hat sie schon tagelang nicht mehr geputzt. Würde mein Vater daran denken, Xylitol-Pastillen zu kaufen, könnte ich der Tante welche hinlegen, aber er denkt an gar nichts.

Ich sitze im Geheimzimmer auf dem Fußboden. Normalerweise sitze ich hier und denke an die Mama-Teilchen, aber diesmal bin ich selbst das in der Mauer beerdigte Mädchen. Dieses Zimmer befindet sich nicht innerhalb einer Linie, dieses Zimmer ist frei. Hier kann man sich vorstellen, ein weißes Schaf zu sein, das am Zaun hängen geblieben ist und sich auf einen langsamen Tod einstellt.

»Saara? Das Essen ist fertig«, ruft Papa im Flur. Aber das eingemauerte Mädchen und das am Zaun festhängende Schaf sind bereits so schwach, dass sie keine Kraft mehr haben zu antworten.

»Saara!« Papas Stimme wird lauter und entfernt sich, weil er zur Treppe zurückgeht. »Wo bist du?«

Das eingemauerte Mädchen befindet sich im Innern der Wand. Das Schaf hängt am Stacheldraht. Die Tante schläft bewusstlos im Turm. Bruno liegt ohnmächtig auf der Wiese.

Das eingemauerte Mädchen hat eine Zeit lang gerufen, aber seine Kräfte sind geschwunden, und jetzt kann es nur noch da liegen und dem Blöken der Schafe zuhören. Den ganzen Abend hört es auch seinen Idioten-Papa rufen, aber es hat keine Lust, seine letzten Kräfte darauf zu verschwenden, ihm zu antworten. Da liegt es, das Fell in den Stacheln verhakt, und wartet.

Es war einmal ein Prinz, den eine Hexe in einen Frosch verwandelte. Sein Diener Bruno trauerte ganz besonders um den verschwundenen Prinzen. Er trauerte so sehr, dass er schließlich drei eiserne Reifen um sein Herz brauchte, die es vor dem Zerspringen bewahrten.

Eines Tages verwandelte sich der Prinz wieder in einen Menschen und verliebte sich in eine Prinzessin. Sie sprangen in die Kutsche, die von Bruno gelenkt wurde, und reisten dem Schloss des Prinzen entgegen. Unterwegs hörte man drei Mal einen metallischen Knall. Der Prinz und die Prinzessin glaubten, die Kutsche gehe zu Bruch, aber Bruno sagte, es sei nur sein Herz, das sich von den eisernen Reifen befreie.

Und wenn sie nicht gestorben sind, dann leben sie noch heute.

Die fünf Blitze des Hamish MacKay

Hamish MacKay wurde vor achtundfünfzig Jahren in dem Dorf Crossbost auf der Insel Lewis and Harris geboren, die zu den Äußeren Hebriden gehört. Er besitzt einen Trawler und verdient seinen Lebensunterhalt, indem er Hummer und Langusten fängt.

Hamish MacKay hat zeit seines Lebens nur vier Mal eine Reise unternommen: einmal eine Klassenfahrt nach Glasgow, einmal zur Hochzeit seiner Schwester, einmal, um einen Lieferwagen zu kaufen. Als seine Frau Mary fünfzig wurde, ließen sich Hamish und Mary MacKay Pässe ausstellen und flogen für zwei Wochen nach Thailand.

In Thailand war es heiß. Zum Frühstück wurde das gleiche Essen serviert wie mittags und abends, und nirgendwo gab es Brot. Als Souvenirs kaufte Hamish ein mit der Karte Thailands bedrucktes T-Shirt, den Panzer einer Schildkröte sowie Zierpuppen in glitzernden Kleidern. Dann kehrten er und Mary nach Hause zurück.

Unsere Geschichte beginnt im Jahr 1988. Es war ein Sonntagabend, und der Wind drehte auf Nordost. Über dem Meer dröhnte ein Gewitter und trieb die Regenwolken am Horizont zusammen.

Hamish MacKay beschloss, zwei zusätzliche Taue am Boot anzubringen. Er ging ans Ufer und stellte fest, dass die ganze Landschaft gelb geworden war. Der Wind rauschte in den Ohren, plötzlich verschwand jegliche Farbe, und das Meer versank in Finsternis, obwohl es erst sechs Uhr war.

Der erste Blitz erleuchtete den Meeresrücken. Im Licht des Blitzes konnte Hamish sehen, wie auf der Wasseroberfläche kleine, scharfe Wellen im Zickzack zuckten, wie in einem beschleunigten Film. Der Wind nahm so rasant zu, dass nicht einmal die Wellen mitkamen. Dann kehrte die Finsternis zurück, und Hamish lief über den Steg zu seinem Boot. Es schaukelte unruhig zwischen Steg und Boje, ein grüner Eimer rollte scheppernd an Deck hin und her. Hamish sprang an Bord, befestigte die zusätzlichen Taue, verschloss die Dachluke mit dem Haken und brachte den Eimer nach drinnen.

Dann fing es an zu regnen. In einem Schwall kam das Wasser hernieder und brachte den Beton zum Dampfen. Die ganze Woche über war es heiß gewesen.

Kaum war Hamish MacKay ans Ufer zurückgekehrt, da schlug der Blitz ein. Wie ein blanker Nagel aus Feuer warf er ihn in der Mitte des Betonstegs zu Boden. Der Knall erfüllte die ganze Umgebung.

Als wieder Finsternis herrschte, lag Hamish auf dem Steg, alle Glieder zitterten haltlos, und er konnte sich eine Weile nicht bewegen. Sein Haar war verbrannt, und die Stiefel waren ihm von den Füßen geflogen. Die Muskeln verkrampften sich, und das Herz schlug ihm bis zum Hals. Er blieb jedoch bei Bewusstsein. Die Stiefel fand man später im Geröll am Ufer.

Haarlos, wimpernlos und schuhlos taumelte Hamish nach Hause und bat Mary, ihm ein Glas Milch zu bringen. Mary starrte ihren Mann an, der nach Strom und verbrannten Haaren roch, bekreuzigte sich und rannte aus dem Haus, um den Wagen zu starten.

Mary fuhr Hamish nach Stornoway ins Krankenhaus. Dort wurden sein Herz, sein Gedächtnis und seine Fußsohlen untersucht. Ernsthafte Verletzungen wurden nicht festgestellt, und so kehrte Hamish MacKay am nächsten Morgen nach Hause zurück, um Köderfische auszunehmen. An Weihnachten verlieh ihm das Wohltätigkeitskomitee der Kirche einen Orden.

Zur Zeit der Stürme im August 1992 schlug der Blitz zum zweiten Mal ein. Hamish MacKay und sein Bootsgefährte Timothy McCallum schafften es, sich neben einer nahe gelegenen Insel vor dem Sturm in Sicherheit zu bringen, aber der Blitz schlug im Funkmast des Trawlers ein. Die elektrostatische Entladung lief an der Bootsflanke entlang und verbreitete sich über die Reling auf dem ganzen Schiff. Hamish verbrannte sich die Hand an der Achterreling, doch Tim wurde von der Kraft des Blitzes ins Meer geschleudert und ertrank. Seine Leiche wurde erst zwei Tage später gefunden. Sie war von der Strömung in die nächste Bucht getrieben worden.

Der Trawler brannte innen völlig aus. Die Einrichtung flog von den Wänden, die Fenster gingen zu Bruch, Messgeräte und sonstige elektronische Apparaturen zersplitterten. Der Kunststoff schmolz, das Holz brannte. Schwarzes, schmutziges Wasser stand auf dem Boden, und in der Luft lag der Gestank nach Verbranntem. Durch die gesamte Wandverkleidung aus Holz lief ein breites, vom Blitz eingebranntes Sägeblattmuster. Der Eimer, den Hamish nach drinnen gestellt hatte, war zu einem grünen Fleck auf dem Boden zusammengeschmolzen.

Nach Tim McCallums Beerdigung gingen Geschichten im Dorf um. Man war sich sicher, dass sich Hamish MacKay einer Sünde schuldig gemacht hatte, für die er jetzt bestraft wurde. Manche waren der Meinung, er hielte sich für etwas Besseres, weil er Französisch lernte, für andere war ein alter Streit zwischen Hamish und seinem Vater der Grund. Man fragte sich auch, warum Hamish und Mary keine Kinder hatten und warum Hamishs Haar nach dem ersten Blitzschlag weiß geworden war.

Hamish und Mary setzten ihr Leben so gut es ging fort. Hamish kaufte sich einen neuen, kleineren Trawler und taufte ihn *Silver Darling*. Das weiße Haar und die Augenbrauen wuchsen nach.

Keiner der Männer im Dorf traute sich mehr mit Hamish zusammen aufs Meer hinaus. Mary und er mussten allein zurechtkommen.

Der dritte Blitz traf Hamish MacKay im Jahr 1995, als er den Schuppen hinter dem Haus reparierte. Diesmal war der Knall so laut, dass Mary in den Garten rannte und als Erstes das scheuende Pferd des Nachbarn sah, das mitsamt angehängtem Karren über die Wiese rannte. Ein Rad geriet in den Graben, worauf sich der Karren zur Seite neigte. Schließlich blieb er stecken, das Pferd wurde mit einem Ruck auf die Hinterbeine gerissen und fiel durch die Kraft der abrupten Bremsung hin. Sogar vom Garten aus konnte Hamishs Frau in der Dämmerung das Weiß in den Augen des Pferdes leuchten sehen. Irgendwo im Hintergrund rannte der Nachbar umher und rief nach seinem Pferd, aber das sah Mary nicht mehr.

Hamish MacKay stand am Rand des Gartens. Um ihn herum hing wieder der elektrisch-verbrannte Geruch, das Haar war erneut versengt und ein Teil der Kopfhaut verbrannt. Auch die Brauen und die Wimpern waren verkohlt, dazu hatten sich die Nägel von den Fingern gelöst.

Mary versuchte, ihren Mann anzusprechen, aber er reagierte nicht. Er schwankte nur auf der Stelle, sein Blick irrte im Garten umher, und er schien seine Frau nicht zu erkennen. Dann taumelte er zur Regentonne und tauchte den Kopf ins Wasser. Kaum war ihm das gelungen, brach er auch schon bewusstlos vor dem Fass zusammen.

Im Krankenhausbett starrte Hamish seine Frau mit leeren, wimpernlosen Augen an. Er ließ sich von niemandem anfassen, und wenn es doch jemand probierte, fing er sofort an zu schreien. Die kleinste Berührung verursachte ihm Schmerzen, als wäre eine ganze Schicht seiner Haut verbrannt. Kurz vermutete Mary, Hamish habe den Verstand verloren, aber bei den Untersuchungen stellte sich heraus, dass ihr Mann sein Gehör eingebüßt hatte.

Diesmal war Hamish MacKay ein anderer geworden. Die Freude kam ihm abhanden, auf die Taubheit folgte eine Düsternis, und Hamish MacKay versank in Stille.

Die Dorfbewohner fürchteten sich nun vor ihm und seiner Frau. Bei stürmischem Wetter wollte sich niemand in ihrer Nähe aufhalten. Es wurden keine Gerüchte mehr verbreitet und auch keine Mutmaßungen mehr über Hamishs Sünden angestellt. Die Leute schüttelten nur die Köpfe und schwiegen.

Trotzdem ging das Leben weiter. Seine Ehefrau nahm Dorsche und Makrelen aus, Hamish zerkleinerte die Fische und verteilte sie auf die Hummerkörbe. Gemeinsam ließen sie die Körbe ins Wasser und zogen sie zwei Tage später wieder heraus. Die Hummer und Langusten verkauften sie am Hafen von Stornoway.

Zum vierten Mal schlug der Blitz im Jahr 2007 ein, als Hamish MacKay von der Beerdigung seiner Mutter zurückkehrte. Sein dunkler Anzug fing Feuer, und eine Wunde, die aussah wie das Wurzelgeflecht eines Baumes, brannte sich in seinen Rücken ein. Sie verlief im Zickzack von der rechten Schulter zur linken Hüfte. Diesmal wurden auch die Nerven im linken Bein beschädigt, und Hamish hinkte fortan. Haare und Nägel wuchsen nach, aber er fiel in sich zusammen.

Bis zum Jahr 2012 war Hamish MacKay der Europäer, der am häufigsten vom Blitz getroffen wurde. In der weltweiten Statistik schaffte er es auf Platz vier und wurde im Buch der Rekorde erwähnt.

Die *BBC* drehte für ihre Wissenschaftsreihe eine Dokumentation über ihn. Darin wurde die Gewitterdichte der Äußeren Hebriden dargelegt, und man verglich Hamish mit anderen Fischern der Region. Trotzdem blieb der Fall Hamish MacKay für die Dokumentarfilmer ein Mysterium.

Sehr geehrter Herr MacKay,

ich habe im Fernsehen den Dokumentarfilm über Sie gesehen, und Ihre Geschichte hat mich sehr berührt. Ich wollte Ihnen schreiben, weil die Launen des Zufalls auch mir einen bösen Streich gespielt haben. Mein Fall unterscheidet sich jedoch stark von Ihrem, ich habe nämlich zwei Mal den Jackpot im Lotto gewonnen. (Und Sie sind die einzige Person außerhalb meiner Familie, der ich davon erzähle.) Als Mensch, der vier Blitzschläge erlebt hat, denken Sie vielleicht, dass ein doppelter Lottogewinn gar nichts ist, aber wie auch immer, mich hat es gehörig aus der Bahn geworfen.

Hoffentlich macht es Ihnen nichts aus, wenn ich Ihnen meine Geschichte erzähle. Vor drei Jahren gewann ich in der Lotterie. Was für ein Zufall, ausgerechnet meine Zahlen dort in der Plastikröhre! Es war unfassbar. Aber andererseits fallen ja immer die Zahlen von irgendjemandem ins Rohr, und diesmal waren es schlicht und einfach meine. Ich bezahlte meine Schulden und gestaltete mein Leben genau so, wie ich es wollte. Ich reiste. Ich kaufte mir ein altes Haus. Ich richtete mir eine perfekte Werkstatt ein. Ich war glücklich! Alle Probleme waren gelöst. Sie müssen das verstehen, Herr MacKay, ich hatte mein ganzes Leben lang Geldprobleme gehabt, und nun war das alles vorbei. Was für eine Freiheit, was für eine Erleichterung!

Aber dann kam der zweite Gewinn. Wieder fielen meine Zahlen in die Röhre – andere als beim ersten Mal. Ich wusste nicht, dass so etwas überhaupt möglich war, aber da lagen sie nun. Und plötzlich reichte der schiere Zufall nicht mehr als Erklärung aus. Ich freute mich nicht und jubelte nicht, ich empfand gar nichts. Auf eigentümliche Weise raubte mir der zweite Gewinn die Freude am ersten.

Ein sonderbares Schuldgefühl erfüllte mich. Als hätte ich mit etwas Verbotenem gespielt. Dabei habe ich doch nichts falsch gemacht! Ich habe schon immer Lotto gespielt, ich wollte einfach nicht damit aufhören. Ich mag die Spannung bei der Ziehung. Ich mag es, wenn die Kugeln fallen. In meinem Leben gibt es sonst nur wenige Regelmäßigkeiten.

Ich dachte, das Leben geht weiter. Ich lebe, stelle Filz her, spiele Lotto, kaufe mir etwas, wenn es im Sonderangebot ist.
Aber es handelt sich hier um etwas anderes, so kommt es mir inzwischen vor. Aber um was?
Bin ich das Ziel eines kosmischen Scherzes? Was wird als Nächstes geschehen?
Dann sah ich zufällig den Dokumentarfilm über Sie im Fernsehen und dachte: Dieser Mann wird meine Situation bestimmt verstehen. Dieser Mann hat wie ich den Zufall hinter sich gelassen. Vielleicht kann dir dieser Mann eine Antwort geben.
Die *BBC* war nicht bereit, mir Ihre Adresse zu geben, aber eine freundliche Script-Supervisorin hat versprochen, den Brief weiterzuleiten. Ich füge unten meine Anschrift an.

Mit freundlichen Grüßen
Annu Heiskanen

Werte Frau Heiskanen,

ich bin Fischer. Ich fange Hummer und Langusten. Ich wohne mit meiner Frau in einem kleinen Haus, in unserem Garten wachsen Bohnen, Kartoffeln, drei Sorten Kohl und Kürbisse.

Sie bitten um eine Erklärung, aber ich glaube, dass Sie diese selbst finden müssen. Meiner eigenen Erfahrung nach nützen einem die Erklärungen, die man von anderen bekommt, überhaupt nichts.

Mit freundlichen Grüßen
Hamish MacKay

PS: Anbei meine Adresse.

Herr MacKay,

verzeihen Sie, dass ich Ihnen schon wieder schreibe. Ich verstehe sehr wohl, dass ich das für mich selbst klären muss. Aber in dem Dokumentarfilm wirkten Sie so gelassen, und ich fragte mich, ob Sie gar keine Angst haben oder wütend sind. Ich selbst bin außer mir vor Wut! Oder zumindest wäre ich es, wenn ich wüsste, auf wen ich wütend sein sollte.

Es kommt nicht oft vor, dass ein Mensch mit einem Strich im Kalender den Tag markieren kann, an dem sich sein Leben geändert hat. Aber wir, Herr MacKay, wir können das. Jemand könnte behaupten, ich hätte eben eine Glückssträhne und Sie eine Pechsträhne gehabt, aber so einfach ist das nicht. Wissen Sie, auch ohne Leid kann einem der Boden unter den Füßen weggezogen werden. Darum schrieb ich Ihnen und schreibe Ihnen jetzt erneut. Verzeihung. Aber ich bin mit alldem so allein.

Gruß
Annu Heiskanen

Verehrte Frau Heiskanen,

auch ich habe mich gefragt, ob das ein schlechter Scherz sein soll und was es zu bedeuten hat, aber mit solchen Fragen kommt man nicht weit. Darum habe ich wieder damit aufgehört.

Meine Frau Mary hat heute Bohnen gelegt. Die Bohne kommt frisch und grün und voller Vertrauen aus der Erde. Eine Weile schwankt sie unsicher wie ein Kind, das laufen lernt, aber sobald sie etwas zu fassen bekommt, schlingt sie sich mit ihrem haarigen Halm darum und stützt sich daran ab. So blind vertraut sie Fremden.

Und wissen Sie, Frau Heiskanen, auch wir sind nicht ganz allein. In *Reader's Digest* habe ich gelesen, dass in den Vereinigten Staaten ein Wildhüter lebt, der sieben Mal vom Blitz getroffen worden ist. Nach dem siebten Mal schoss er sich mit der Flinte in den Kopf. Und ich bin der Letzte, der ihn deswegen verurteilt.

Herzliche Grüße
Hamish MacKay

Lieber Herr MacKay,

bei mir wäre es auch beinahe dumm gelaufen, auch wenn ich nicht zur Flinte gegriffen habe. Ich bin eingeschlafen. Nach dem zweiten Lottogewinn schlief ich dreieinhalb Wochen und hätte fast vergessen aufzuwachen.

Während ich schlief, träumte ich nichts. Ich weiß noch,

wie ich im Schlaf versank, in etwas Tiefem und Dunklem, und dreieinhalb Wochen später kam ich wieder an die Oberfläche. Mein Bruder und seine Tochter behaupten, ich hätte gegessen und ab und zu die Augen aufgemacht, an den ersten Tagen sogar einen Satz oder zwei gesprochen, aber ich habe daran keinerlei Erinnerung.

Beim Aufwachen fühlte ich mich schwer, ein bisschen wie nach einer Regennacht. Ich weiß nicht, wie es Ihnen geht, Herr MacKay, aber ich schlafe in Regennächten immer schrecklich schlecht. Jemand las laut die Ergebnisse der Trabrennen vor. Zuerst begriff ich nicht, woher die Stimme kam, aber dann merkte ich, dass ein Radio im Zimmer stand. Mein Bruder hatte beschlossen, mir täglich die Nachrichten, den Wetterbericht und die Lottozahlen vorzuspielen. Vielleicht aus Boshaftigkeit, wer weiß.

Ich stand auf und fiel sofort auf den Stuhl. Vor meinen Augen drehte sich alles, und mein Magen rebellierte. Ich taumelte die Treppe hinunter und konnte mich nur mit Müh und Not am Geländer abstützen. Zum Glück hörten mein Bruder und meine Nichte das Gepolter und kamen mir entgegen. Gemeinsam gelang es ihnen, mich ins Erdgeschoss zu führen.

Ich setzte mich an den Tisch und versuchte etwas von dem zu verstehen, was mein Bruder und seine Tochter sagten. Ich sah die Post und die Zeitungen durch, die sich auf dem Tisch stapelten, und erst da begriff ich, dass ich tatsächlich fünfundzwanzig Tage und Nächte am Stück geschlafen hatte.

Fast einen Monat lang hatte ich mich nicht gewaschen, und das Mädchen rümpfte die Nase. Mir fehlte jedoch die Kraft, unter der Dusche zu stehen, weshalb mein Bruder mich anwies, auf dem Plastikschemel zu sitzen, und seine Tochter beauftragte, von der Tür aus aufzupassen.

Nach dem Duschen fing ich an zu essen. Und das wollte dann gar nicht mehr aufhören. Während der ersten vierundzwanzig Stunden aß ich alles, was mir zwischen die Finger kam, und das Mädchen kicherte, weil mein Magen knurrte wie ein Haufen Katzen.

Das liegt jetzt fünf Monate zurück.

Was hat mich wohl aufgeweckt? War es ein Gedanke, war es der Hunger, oder begriff ich einfach, dass ich doch nicht sterben wollte? Herr MacKay, ist es Ihnen gelungen, sich zu erklären, was Sie am Leben hält?

Mit Grüßen
Annu Heiskanen

Verehrte Frau Heiskanen,

Ihre Briefe ziehen Aufmerksamkeit auf sich. Heute kam der Postbote mit dem Kommentar: Nun kriegt unser Fernsehstar schon Post aus dem Ausland. Im Laden haben sie jetzt wieder genug zu erzählen.

Ich habe mit den Leuten nicht mehr viel zu tun. Der dritte Blitz zerstörte mein Gehör, aber ich vermisse die Geschichten der Leute nicht sonderlich. Mit Mary rede ich wie zuvor. Ich habe gelernt, von den Lippen zu lesen, auch wenn das auf dem Boot so seine Probleme mit sich bringt, denn da muss ich die Augen gleichzeitig auf den Hummerkörben und auf den Lippen meiner Frau haben. Handzeichen gehen auch nicht, wenn man die Finger an einem der Körbe hat. Aber auch ohne Worte verstehen wir uns gut.

Manchmal wünschte ich mir, noch einmal den Wind zu hören. Mir ist nicht klar gewesen, wie sehr ich mein Gehör nach ihm richte. Jetzt muss ich die Tür aufmachen und das Gesicht in den Wind halten. Auf dem Boot beschwert sich meine Frau, weil ich den Motor so laut laufen lasse. Ich muss zugeben, dass mir das Gehör auf dem Meer nicht fehlt. Kerle, die beim Fischen reden, konnte ich ohnehin noch nie ausstehen. Vom Singen ganz zu schweigen. Und für den Seegang muss man ein Gespür haben. Wenn ich nur nicht blind werde.

Sie berichten von einem Schlaf, in dem es nicht einmal Träume gab. Auch mir tut sich das Nichts auf, wenn mich der Blitz trifft. Für einen Moment erinnere ich mich an gar nichts, alles ist wie weggewischt. Wenn die elektrostatische Entladung dann vorbei ist, kommt das Gedächtnis zurück, und der Schmerz schlägt zu. Aber die vom Blitz ausgelöste Leere ist schwindelerregend.

Warum ich nicht tot bin? Ich weiß es nicht. Die Leute im Dorf behaupten, es sei eine Strafe, aber sie äußern es nicht mehr laut, seitdem Mary ihnen einmal die Leviten gelesen hat.

Hamish MacK.

Hallo, Herr MacKay,

ich habe meinen zweiten Lottogewinn noch immer nicht eingelöst. Ich habe Angst, dass es herauskommt und jemand die Idee hat, es den Abendzeitungen mitzuteilen, und ich dann als Freak abgestempelt werde. Ich habe Angst, dass es meine Nichte in der Schule rumerzählt, dass jemand im Lebensmittelladen darauf kommt oder was auch immer.

Und ich traue mich nicht mehr, Lotto zu spielen.

Sie haben einfach so weitergemacht wie zuvor, nicht wahr? Haben Sie denn keine Angst?

Ich bin irgendwie völlig kraftlos, ich sitze da und wende innerlich alles Mögliche hin und her. Es kommt mir so vor, als würde ich irgendetwas nicht verstehen. Mein ganzes Leben ist geteilt. Ein Teil von mir funktioniert wie zuvor, wacht auf, geht umher, isst. Ich stehe im Supermarkt vor den Regalen, und von den anderen Kunden errät sicherlich niemand, dass bei der Frau neben ihnen die Bauklötze des Lebens durchgeschüttelt wurden. Dass sie auf nichts mehr eine Antwort hat. Dass sie eine Lottomillionärin ist. Wenn ich da stehe und über solche Dinge nachdenke, habe ich das Gefühl, alle Waren würden auf mich stürzen oder der Boden unter mir würde nachgeben. Aber dann packe ich die Einkäufe in die Tasche und fahre nach Hause wie jeder normale Mensch.

Mein Bruder hat ganz eigene Sorgen, mit ihm kann ich nicht reden. Gestern wollte ich im Internet die Kontaktdaten der Lotterie suchen, starrte aber nur die Suchmaske an. Ich schrieb ins Suchfeld: Hilfe Lotto. Dann erschrak ich, weil ich mir wünschte, ein Schaf zu sein. Ich sagte zu mir: »Mäh.« Und das tat gut und heiterte mich auf. Ich schrieb ins Suchfeld: »Mäh«. Am liebsten wäre ich nach draußen zu den Schafen gerannt.

Annu

Verehrte Frau Heiskanen,

bei uns wütet seit drei Tagen ein solcher Sturm, dass ich nicht aufs Meer hinauskann. Drei Schindeln wurden vom Dach geweht und mit ihnen ein Stück Regenrinne.

Die *Silver Darling* ist so klein, dass ich nicht hinausfahren möchte, wenn der Wind stärker als fünfzehn Meter pro Sekunde ist. Die Körbe sind voller Algen, wenn der Wind sich entsprechend dreht.

Gestern war ich im Dorf. Ich fuhr mit dem Rad, und der Wind war so stark, dass ich auch bergab kräftig in die Pedale treten musste. Als reichte es nicht, dass es bergauf anstrengend ist! In Wahrheit bläst es auf diesen Inseln immer aus irgendeiner Richtung. Es gibt hier ja keine Bäume und nichts. Nur Steine. Steine im Meer, Steine an Land. Aber trotzdem ist es irgendwie unfair, wenn man auch bergab strampeln muss.

Ich ging in den Lebensmittelladen. Dort standen die Leute Schlange, weil sie auf die Lieferung der Bäckerei warteten. In dem Moment, in dem ich eintrat, verstummten alle. So geht das meistens. Sie sehen mich kurz an, dann schauen sie durchs Fenster auf die Wolken am Himmel.

Viele glauben, dass ich verflucht bin. Oder dass Gott

mich prüft wie Hiob im Alten Testament. Angeblich wird im Dorf erzählt, ich wäre vor dem dritten Blitzschlag vom Ufer nach Hause gerannt, weil die Gewitterwolke mir gefolgt sei und ich mein neues Boot vor der Zerstörung bewahren wollte. Angeblich schlug ich Haken und versuchte die Wolke zu täuschen, aber sie folgte mir einfach. Als sie schließlich zuschlug, scheute das Nachbarspferd, brach sich die Hüfte und musste erschossen werden.

Das ist natürlich nicht wahr, ich dachte nicht und denke noch immer nicht, dass die Wolken, der Himmel oder Gott mich oder sonst jemanden jagen würden.

Nach dem dritten Mal hörte ich auf, in die Kirche zu gehen. Ein besonders eifriger Kirchgänger war ich auch vorher nicht gewesen, aber wenn mich dreimal der Blitz trifft und nicht den Kirchturm, der auf dem Uferfelsen steht, interessiert mich nicht mehr, was der Pfarrer dazu zu sagen hat.

Für manche ist es leichter zu glauben, dass Gott die Sündigen bestraft – von mir aus. Andere glauben an Wunder. Ich bin mir nicht einmal sicher, was die Leute genau meinen, wenn sie von Wundern sprechen. Offensichtlich denken sie, wenn sie ein unerklärliches Ereignis als Wunder bezeichnen, ist es damit auch erklärt. Das Ereignis an sich ist unfassbar, aber die Tatsache, dass es stattgefunden hat, ist eine Botschaft.

Frau Heiskanen, vielleicht braucht die Welt bisweilen Vorkommnisse, die uns alle aufrütteln. In diesem Dorf bin ich derjenige, der die Leute aufgeweckt hat. Wenn ich den Laden betrete, erinnert sich jeder Kunde daran, dass uns zu jeder Zeit der Himmel auf den Kopf fallen kann.

Ihr Freund Hamish MacKay

Hallo!

Bei uns kündigt sich der Frühling an. Die Abende werden heller, der Schnee schmilzt, die Schafe springen wie wild auf ihrer Weide umher.

Sie haben in Ihrem zweiten Brief festgestellt, dass wir nicht allein sind, und von dem amerikanischen Wildhüter erzählt. Aber wissen Sie, Herr MacKay, es gibt noch mehr!

Manchmal fällt der Himmel herab, manchmal sinkt der Erdboden ein. Manchmal trifft einen ein so unfassbares Glück, dass es schwer ist, damit weiterzuleben. Manchmal passiert etwas – nur ein einziges Mal –, aber man muss den Rest seines Lebens über das Warum nachdenken. Manchmal passiert nichts, und man denkt den Rest seines Lebens darüber nach, warum es nicht passiert ist.

Aber jetzt zu den Geschichten. Mein Bruder hat mir von einem Schiffsunglück erzählt. In letzter Zeit hat er ein unglaubliches Interesse für Wahrscheinlichkeitsrechnung entwickelt und ist dadurch auf diese Geschichte gestoßen. Ich habe sie für Sie aufgeschrieben.

Das Glück einer Mutter
Im September 1940 lief das Dampfschiff SS *Duchess of Kent* in Liverpool aus, auf dem Weg nach Kanada. An Bord befanden sich 139 Kinder. In England befürchtete man eine Landung der Deutschen, darum schickten viele Familien ihre Kinder zur Sicherheit in andere Länder, unter anderem über den Atlantik in die Vereinigten Staaten und nach Kanada. Am 26. 9. versenkte jedoch ein deutsches U-Boot die

Duchess of Kent mit zwei Torpedos. Als das Frachtschiff HMS *Albert* acht Stunden später am Unglücksort eintraf, fand es im Meer zwei Jungen, die überlebt hatten, und etwas später ein Mädchen, das in einem Rettungsboot trieb.

Die Kinder wurden nach England zurückgebracht, wo das ganze Land das Schicksal der toten Kinder betrauerte. Infolge dieses Unglücks nahm man von Kindertransporten über den Ozean Abstand.

Eine Mutter jedoch hatte Glück. Denn zwei der drei Kinder, die als einzige der 139 Passagiere überlebt hatten, waren ihre. Der Junge und das Mädchen hatten es, ohne voneinander zu wissen, jeweils in ein Rettungsboot geschafft. 76 Familien hatten ihre Kinder in Sicherheit bringen wollen, und diese Mutter war die Einzige, die keines ihrer Kinder verloren hatte (der andere gerettete Junge hatte noch zwei Schwestern gehabt, die ertrunken waren).

Die Familie zog sich in die Einsamkeit zurück. Nach dem Krieg siedelten sie in die Vereinigten Staaten über und wollten sich gegenüber den Medien nie über den Vorfall äußern.

Herr MacKay, Sie können sicher verstehen, warum mich das Schicksal dieser Mutter berührt. Was für ein unwahrscheinlich maßloses Glück! Wie sollte die Mutter sich erklären, dass ausgerechnet ihre Kinder überlebt hatten? Vielleicht konnte sie es nicht und zog deshalb auf einen anderen Kontinent. Besaßen ihre Kinder eine besondere Beharrlichkeit, einen besonders starken Lebenswillen? Oder waren sie skrupelloser als die anderen? Musste sich die Mutter diese Frage stellen? *Haben meine Kinder überlebt, weil sie andere zur Seite gestoßen haben?*

Leider ist die Frau schon gestorben. Aber ich wollte diese Geschichte auf jeden Fall mit Ihnen teilen.

Hoffentlich gibt es genug Hummer im Meer, und die Winde bleiben lau! Ich werde weitere Geschichten suchen und Ihnen wieder schreiben!

Mit herzlichen Grüßen
Annu

Hallo, Frau Heiskanen,

Sie fragen mich, ob ich nie Angst habe. Ich habe darüber nachgedacht, und es ist nicht so einfach, wie ich zunächst angenommen habe.

Mein erster Gedanke war: Was bliebe mir denn noch, wenn ich der Angst nachgeben würde? Keine Arbeit, keine Freiheit, nichts. Ich muss weitermachen wie zuvor.

Aber natürlich habe ich Angst. Nicht so sehr um mich als vielmehr um Mary. Obwohl ich das ihr gegenüber nicht zugeben kann.

Wenn ein Gewitter in der Luft liegt, verlasse ich das Haus. Ich überlege mir eine Beschäftigung, am Ufer, im Schuppen oder anderswo, wo ich allein sein kann. Nach Tims Tod will ich nicht noch mehr Schuld auf mich laden.

Ich tue das nicht bewusst. Beim letzten Unwetter stapelte ich im Schuppen Treibholz auf, als plötzlich Mary vor mir stand und schrie. Sie hatte wohl schon eine Weile nach mir gerufen, aber ich höre ja nichts. Sie versuchte mich ins

Haus zu zerren, aber ich wehrte mich dagegen. Es wurde ein ziemliches Handgemenge.

Diesmal passierte nichts, keinem von uns. Wir saßen den ganzen Abend im Schuppen und hielten einander fest.

Hamish M.

Lieber Herr MacKay,

ich habe mir auf dem Computer einen kurzen Film angesehen. Er stammt aus dem Jahr 1978, aus Puerto Rico. Darin fällt der berühmte Seiltänzer Karl Wallenda in einer Fernsehdirektübertragung vom Seil und stirbt. Der ganze Film dauert nur zwanzig Sekunden, aber er hat etwas so Faszinierendes, dass ich ihn mir immer wieder angeschaut habe.

Karl Wallenda war Mitglied einer berühmten Zirkusfamilie. Heute läuft sein Enkel auf dem Seil von einem Wolkenkratzer zum anderen und überquert die Niagarafälle. Im Jahr 1978 hatte Karl Wallenda vor, in siebenunddreißig Metern Höhe von einem zehnstöckigen Gebäude zum anderen zu gehen. Dann erfasste ihn ein plötzlicher Wind, und das Stahlseil fing an zu wackeln. Im Film sieht man, wie er versucht, in die Hocke zu gehen, und sich sogar mit einer Hand am Seil festhält. Aber das Bein, das er beugte, traf nicht das Seil, sondern ging ins Leere, und Karl Wallenda fiel. So banal, ein einziger Fehlgriff, wie er uns allen passieren kann. Und bevor die Anwesenden es noch richtig begriffen hatten, schlug Karl Wallenda auf der Straße auf.

Es gibt Menschen, die der Gefahr so lange trotzen, dass man an ihre Unsterblichkeit glaubt. Der ist so geschickt, der muss eine Zauberkraft besitzen oder eine übernatürliche Fähigkeit. Oder dass man denkt, Kinder hätten immer einen Schutzengel bei sich. Aber am Ende braucht es nur eine Windbö, einen blöden Ausrutscher, und sie sind tot.

Annu

Liebe Frau Heiskanen,

als ich im Teenageralter war, ging ich oft mit der Familie meines Onkels zum Fischen. Mein Cousin Graham war jünger als ich und kam noch nicht mit allem allein zurecht, also wurde ich als der Stärkere und Geschicktere mitgenommen. Einmal waren wir draußen und gerieten in schwere See. Wir kamen hinter einer Halbinsel aufs offene Meer, mein Onkel versuchte weiter voranzukommen. Er wählte den Kurs so, dass die Wellen nicht direkt von der Seite gegen das Boot schlugen. Trotzdem schaukelte es wie verrückt.

Ich hörte meinen Onkel rufen, dass er wendet. Er hatte das Boot gerade ein wenig in die andere Richtung manövriert, als überraschend eine Welle über Deck schlug. Mein Cousin Graham verschwand mit der Welle, ich stand da und sah zu, wie es passierte. Eine leichte Bewegung, ein winziger Moment. Graham konnte nicht mal einen Laut von sich geben. Das Meer überschlug sich zweimal kurz, und Graham war verschwunden.

Wir durchkämmten lange die Umgebung, zwei andere Boote halfen uns dabei. Die Wellen warfen uns auf und ab, und der Wind drückte uns in Richtung Ufer, aber von Graham war nichts zu sehen. Ich weiß nicht, ob Sie schon einmal versucht haben, bei starkem Seegang aufs Meer zu schauen. Es ist unmöglich, in seine Furchen hineinzusehen.

Da verstand ich zum ersten Mal, wie fremd und unbekannt uns das Meer ist. Es hat kein Gedächtnis und kein Gewissen. Ein bisschen wie die Blitze. Sie jagen mich nicht. Sie erinnern sich nicht, wo sie das letzte Mal eingeschlagen haben, es interessiert sie nicht.

Ihr Freund Hamish MacKay

Mein lieber Freund Herr MacKay,

hoffentlich geht es Ihnen gut! Die letzten Wochen habe ich mit Renovierungsarbeiten verbracht. Ich habe angefangen, die Zimmer im Erdgeschoss in ihren ursprünglichen Zustand zurückzuversetzen. Dafür habe ich einen fachkundigen Zimmermann engagiert.

An manchen Wänden fanden sich zwölf Tapetenschichten, und an die Decken waren fünf Schichten Wandpappe geklebt. Bei einer Versteigerung habe ich einen Kronleuchter für den Saal erstanden. Der ursprüngliche wurde einst bei einer Versteigerung verkauft, wie auch der größte Teil der Möbel. Es war ein ziemliches Projekt, den über einen Meter hohen Kronleuchter im Lieferwagen hierherzutransportieren, ganz zu schweigen vom Putzen der Kristalle, Stück für Stück ... Na ja, jetzt blinkt er.

Abgesehen von der Renovierung fällt es mir weiterhin schwer, den Alltag zu meistern. Eigentlich habe ich mit der ganzen Renovierung nur begonnen, um irgendetwas zustande zu bringen. Aber jetzt machen die Handwerker alles, und mich ruft man nur, wenn es ein Problem gibt oder wenn eine Entscheidung gefällt werden muss. Ein paarmal habe ich gefragt, ob sie zusätzliche Hände bräuchten, ob ich vielleicht etwas tun könnte, aber sie wollen meine Hilfe nicht.

Wenn ich in die Werkstatt gehe, starre ich nur die Wolle an und wundere mich. Ich vergesse einzukaufen, das Auto lasse ich stehen, weil ich vergessen habe, den TÜV erneuern zu lassen. Vor Beginn der Sommerferien vergaß ich einmal, meine Nichte von der Schule abzuholen. Es fiel mir erst wieder ein, als jemand von der Nachmittagsbetreuung anrief, sie hätten da ein Mädchen aus der 3c, ob jemand käme, um es abzuholen.

Gestern wurde ich vierundfünfzig Jahre alt. Ich stand im Hof, schaute den Feuerwerksraketen, die mein Bruder gekauft hatte, zu und konnte mich nicht darüber freuen. Was wird im nächsten Jahr passieren? In einem Jahr kann vieles geschehen. Ich bin nicht sicher, ob ich will, dass etwas passiert. Das Kind hüpfte umher und war von den Raketen begeistert, aber ich hätte mich am liebsten im Haus versteckt.

Ich habe zwei weitere Geschichten gefunden und beschlossen, Ihnen sofort zu schreiben. Die erste ist eine Sportnachricht (!), die zweite trägt sich wieder auf dem Meer zu.

Der perfekte Sprung

Als Bob Beamon bei den Olympischen Sommerspielen von 1968 am Weitsprung der Männer teilnahm, lag sein persönlicher Rekord bei 8,33 Metern, damit gehörte er zu den Favoriten des Wettkampfs.

Die ersten beiden Versuche gingen daneben, denn Beamon trat beide Male über. Der dritte Versuch war gültig, und er schaffte es ins Finale.

Im Finale sprang Beamon dann fast bis ans andere Ende der Sandgrube. Das optische Messgerät reichte für einen so weiten Sprung gar nicht aus, sodass er von Hand gemessen werden musste.

Die Weite betrug 8,90 Meter.

Damit übertraf Beamon den aktuellen Weltrekord um mehr als einen halben Meter. Bis dahin hatten die Verbesserungen seit dem Jahr 1901 bei durchschnittlich sechs Zentimetern gelegen.

Als der Stadionsprecher die Weite vorlas, begriff Beamon nicht, was er da hörte, denn er war das angloamerikanische Maßsystem gewohnt. Als ihm ein Mannschaftskamerad das Resultat übersetzte, fiel Beamon auf die Knie und vergrub den Kopf in den Händen, denn er hatte einen kurzen kataplektischen Anfall.

Bald nach dem Sprung setzte strömender Regen ein, was die Leistungen der anderen Finalisten beeinträchtigte. Der Ostdeutsche, der die Silbermedaille holte, sprang 8,19 Meter.

Und das hier wird Ihnen gefallen, Herr MacKay:

Ein Sportreporter bezeichnete Beamon als den Mann, der den Blitz gesehen hat. Vor seiner olympischen Leistung war er nie weiter als 8,33 Meter gesprungen, und nach den

Spielen würde er nie mehr weiter als 8,22 springen. Dieses eine Mal war ihm der perfekte Sprung gelungen.

Bob Beamons Weltrekord blieb 23 Jahre ungebrochen und ist noch heute das weltweit zweitbeste Resultat.

Die Seerettung

Im Jahr 2014 wurde ein Glasfaserboot auf ein Atoll im Stillen Ozean zugetrieben. Das Boot war verkratzt und voller Muscheln und anderer Meeresbewohner. Im Boot fanden sich ein lebendiges Wasservogeljunges, eine tote Schildkröte, Schildkrötenpanzer, Überreste von Fischen sowie ein dünner Mann mit Bart und langen Haaren, der nichts am Leib hatte außer einer durchgescheuerten Unterhose.

Der Mann wurde an Land gebracht. Er sprach nur Spanisch, und als er nach ein paar Gläsern Wasser anfing zu reden, sagte er immer wieder vor sich hin: »Mir geht es schlecht, sehr schlecht, ich bin sehr weit weg …«

Er war ganz dünn und ziemlich verwirrt.

Auf dem Atoll gab es neben den Einheimischen einen norwegischen Meeresforscher, aber niemanden, der Spanisch konnte. Man brachte den Mann zum Bürgermeister. Er nannte sich José Ivan und erzählte, er sei ein Jahr und vier Monate zuvor von Mexiko aus in See gestochen. Aber Mexiko lag 13 000 Kilometer weit entfernt.

José zeichnete dem Bürgermeister ein Bild, auf dem ein Boot und darin zwei Männer zu sehen waren. Dann zeichnete er einen Pfeil, der zeigte, wie einer der beiden Männer vom Boot ins Wasser gestürzt war. Er zeichnete Schildkröten, Vögel und Fische. Er zeichnete seine eigene Hand. Er zeichnete Regen und Schildkrötenblut. Er zeichnete ein vom Himmel kommendes, auf Licht und Wasser laufendes

Pferd. Er zeichnete im Wasser tanzende Kinder, die Schildkrötenpanzer hatten. Er zeichnete, bis der Stift abbrach.

Wissenschaftler zweifelten seine Geschichte an. Es stellte sich heraus, dass José Ivan ein erfundener Name war (offenbar hatte der Mann illegal in Mexiko gelebt), und überdies schien es unmöglich, dass er in diesem kleinen Boot 13 000 Kilometer weit getrieben sein konnte.

Ich habe im Internet ein Foto von José Ivan gefunden. Es wurde, zwei Wochen nachdem er gestrandet war, aufgenommen. Er hat wieder kurze Haare, und sein Bart ist abrasiert. Die Haut ist fleckig, sie hat sich offensichtlich teilweise geschält. Seine Augen blicken freudlos. Und nun raten Sie mal, verehrter Herr MacKay, was José Ivan in der Bildunterschrift sagt? »Ich hoffe, dass man mich in Ruhe lässt.«

Eine schöne Winterzeit wünscht
Annu

Frau Heiskanen,

ich habe lange gelacht, als ich die Geschichte von José Ivan las. Der Mann trieb fast anderthalb Jahre auf dem Meer, die meiste Zeit allein, ohne zu wissen, ob er je lebend an Land zurückkommen würde, und als er endlich gerettet wird, sagt er: »Ich hoffe, dass man mich in Ruhe lässt«!

Was den Alltag betrifft, so können Sie für den nur selbst sorgen. Sie und ich wissen, dass wir die meiste Zeit nur so tun, als ob es gelingt, aber trotzdem sollte man ihn nicht ganz aufgeben. So denke ich. Ich bin jeden Tag auf dem Boot, obwohl das eigentlich nicht wichtig ist. Andererseits: Was habe ich denn sonst? Wenn ich nicht mehr fischen würde, was gäbe es dann sonst?

Mit besten Grüßen
Hamish M.

Herr MacKay, mein Freund,

danke für Ihren letzten Brief, er war eine große Hilfe für mich. Gleich am nächsten Morgen ging ich in die Werkstatt, räumte auf und fing an zu arbeiten. Ich begann ganz einfach: mit Topflappen! Sie sind schön viereckig und auch sonst überschaubar. (Ich lege diesem Brief einen für Sie bei.) Das Quadrat ist eine angenehme Form, nicht wahr? Alles, was in vier Ecken passt, ist überschaubar. Ein bisschen wie ein Bilderrahmen. Eigentlich ist alles, was ich mache – Teppiche, Wandteppiche, Bilder, Topflappen –, viereckig. Jetzt, da ich wieder innehalte, um nachzudenken, merke ich, dass es meine absolute Lieblingsform ist.

Meine Nichte denkt sich beim Spielen mysteriöse Kriminalgeschichten aus. Sie scheint ein zwanghaftes Interesse am Thema Mord zu haben. In letzter Zeit bittet sie mich manchmal, eine Linie um sie herum zu ziehen. Sie legt sich auf den Fußboden, als hätte sie ein Messer in den Rücken gekriegt, und verlangt, dass ich mit Kreide ihre Umrisse nachzeichne. Sie nimmt es sehr genau damit, dass die Linie nicht unterbrochen ist und die richtige Größe hat. Dann steht sie auf, betrachtet ihre Gestalt, geht an eine andere Stelle und stirbt erneut. Der Fußboden in der Bibliothek ist inzwischen voller Leichen.

Annu

PS: Die heutige Geschichte stammt aus der Abendzeitung. Vielleicht passt sie Ihrer Meinung nach nicht zu den anderen, aber mich hat sie beschäftigt. Nicht so sehr wegen dem, was passiert ist, sondern warum es passiert ist.

Der Ringkampf
Jürgen bekam Streit mit seinen Klassenkameraden. Die Jungen fingen an zu ringen, und Jürgen verlor. Er ärgerte sich, ging aber trotzdem mit seinen Kameraden in die Kneipe. Dann beschloss er abzuhauen und rannte nach Hause. Er holte die Waffen seines Vaters und kehrte mit dem Motorroller in die Innenstadt zurück.

Jürgen kletterte aufs Dach eines Supermarkts und setzte sich hin. Mit dem Handy hörte er Musik, und als das Stück zu Ende war, schaute er durch das Zielfernrohr des Kleinkalibergewehrs auf die Straße. »Nachdem ich eine Zeit lang beobachtet hatte, fing ich an zu schießen«, erklärte Jürgen dem Richter.

Jürgen feuerte zwanzig Schüsse mit dem Kleinkalibergewehr ab, aber als es niemand merken wollte, ging er zum Elchgewehr über. Er hörte erst auf, nachdem er gesehen hatte, wie zwei Männer zu Boden sanken.

»Dann bin ich geflohen. Ich wollte plötzlich nur noch schlafen«, erzählte Jürgen. Er schlief kurz im Wald und ging dann zu Fuß nach Hause. Als er die Polizisten vor seinem Elternhaus sah, setzte er sich an den Straßenrand. Dort entdeckten ihn die Polizisten dann.

Vor Gericht wurde er gefragt, warum er geschossen hatte.

»Na, weil ich den Ringkampf verloren hatte«, antwortete Jürgen. »Mehr kann ich dazu nicht sagen.«

Mein lieber Freund Hamish MacKay,

viele Grüße aus Kyoto. Ich habe mich zu einer kleinen Reise entschlossen.

Die Renovierung schien auch ohne mich voranzukommen, und von den Topflappen hatte ich allmählich genug. Mein Bruder, der den ganzen Sommer krank gewesen ist, fühlt sich inzwischen besser und geht wieder zur Arbeit. Meine Nichte fährt inzwischen allein mit dem Bus zur Schule, und so habe ich mich getraut, für eine Weile wegzufahren.

Die Postkarte zeigt den Park, den ich gestern besucht habe. Dort habe ich über einhundert Jahre alten Tee getrunken! Können Sie sich das vorstellen?

Hoffentlich geht es Ihnen gut, vielleicht haben Sie mir während meiner Reise geschrieben, und der Brief wartet nach meiner Rückkehr auf mich.

Viele Grüße
Ihre Freundin Annu

Verehrter Herr MacKay,

in Okinawa wird mit solchen Booten gefischt! Gestern aß ich Hummer, und als ich diese Karte im Ständer sah, beschloss ich, sie Ihnen zu schicken. Ist Ihr Brief in der Post verloren gegangen? Mein Bruder sagte am Telefon, es sei keiner gekommen.

Mit wärmsten Grüßen
Annu

Bester Freund,

in Finnland ist der erste Schnee gefallen. Das ist jedes Mal aufs Neue magisch. Alles ist rein und weiß, abends kommt es einem nicht mehr so finster vor, und die unvollendeten Arbeiten im Garten werden gnädig vom Schnee bedeckt. Mal sehen, wie lange er liegen bleibt. Für nächste Woche ist wieder milderes Wetter angesagt, was hier im Süden Matsch und Dunkelheit bedeutet. Ich habe im Herbst die Ränder der Gartenwege nicht sauber gemacht. Mist! Es ist eine Arbeit von mehreren Tagen, die man mit dem Spaten erledigen muss. Aber was soll man tun, mit dem Rasenmäher geht das nun mal nicht.

In der *New York Times*, die im Flugzeug verteilt wurde, entdeckte ich die Geschichte von Tom Sanders. Ich wollte Ihnen den ganzen Zeitungsausschnitt schicken, aber ich habe wohl aus Versehen eine Komposttüte daraus gemacht.

Ich schreibe Ihnen die Geschichte hier so gut ich mich erinnere auf.

Erde verschluckt schlafenden Mann
28.2.2013, Florida (soweit ich mich erinnere): Tom Sanders ging am Abend wie gewohnt schlafen. Seine Frau hatte Nachtschicht, und die Kinder schliefen in ihrem Zimmer im ersten Stock des Hauses. Um 2:14 Uhr in der Nacht gab überraschend die Erde unter Tom Sanders' Haus nach. Es tat sich eine zehn Meter breite Kluft auf, die den Schlafzimmerfußboden mitsamt dem schlafenden Tom Sanders verschluckte.

Die Kinder rannten nach unten und sahen, dass eine Hälfte des Erdgeschosses fehlte. Die von den Nachbarn alarmierten Rettungskräfte konnten die Kinder auf der Treppe retten. Unverzüglich wurde die Suche nach dem in der Erde verschwundenen Tom Sanders eingeleitet. Die Familie hoffte, dass der Vater in einer Lufttasche überleben würde.

Vierundzwanzig Stunden später musste die Suche jedoch abgebrochen werden, weil das ganze Haus einsturzgefährdet war. Der Mann wurde nie gefunden. Man schätzte die Tiefe des Lochs auf zehn Meter, konnte dies jedoch nicht bestätigen.

Und so wie der Himmel und das Meer nicht zuverlässig sind, so ist es auch die Erde nicht. Eisbrocken fallen vom Himmel, Blitze schlagen ein, Wellen spülen über das Deck, und manchmal reißt schlicht und einfach die Erde auf.

Leben Sie wohl und passen Sie auf sich auf!
Annu Heiskanen

Herr MacKay, mein Freund,

ich wünsche Ihnen frohe Weihnachten. Sie sind doch nicht etwa umgezogen?

In meinem letzten Brief vergaß ich, von der Rentnerin zu erzählen, die neben mir im Flugzeug saß. Frau Judith sagte, das Erstaunlichste sei manchmal, dass dann doch gar nichts passiert. Sie erzählte mir, wie sie im Jahr 1999 fast in einen Bombenanschlag geraten wäre.

Sie stand gerade im Supermarkt an der Kasse, als es am Eingang einen lauten Knall gab. Der Sicherheitsmann wurde von einer Ladung Nägel getroffen und verlor beide Augen, viele andere Menschen wurden ebenfalls verletzt. Und Frau Judith packte ihre Einkäufe ein, nur zehn Sekunden von der Tür entfernt.

Ich sagte, zum Glück ist Ihnen nichts passiert. Sie erwiderte, dass das alle sagen. *Es ist ja nichts passiert.* Aber jahrelang fragte sie sich:

Warum stand ich gerade da?

Warum nicht dort?

Hätte der Bus nicht Verspätung gehabt, wäre ich nicht in diesen Supermarkt gegangen.

Hätte ich eine andere Kasse gewählt, wäre ich schneller am Ausgang gewesen.

Warum hatte der Bus Verspätung?

Warum bin ich da, wo ich bin, in jedem einzelnen Moment? Warum ist nichts passiert, aber fast?

Und sie erzählte, sie sei darüber nicht hinweggekommen. Es gab keine Antworten, die Fragen kreisten immer weiter in ihrem Kopf, auch dann noch, als zwei weitere Bomben explodiert waren und der Rechtsradikale, der sie gelegt hatte, festgenommen worden war und das Theaterstück über ihn Premiere gehabt hatte.

Annu

Verehrte Frau Heiskanen,

ich schreibe Ihnen, um Ihnen mitzuteilen, dass mein Ehemann Hamish MacKay am 23. Oktober verstorben ist. Am Ende hat das Schicksal dieses seltsame und dumme Spiel doch noch gewonnen.

Mein Mann war störrisch und stur, er trug nie eine Rettungsweste, obwohl es hier eine regelrechte Kampagne dafür gegeben hat. Er war sich durchaus im Klaren darüber, was kommen würde. Was er zu beweisen versuchte und wem, das weiß nur der liebe Gott.

Ich weiß, dass Hamish Ihre Briefe genossen hat. Er war ein literarischer Mann, ich weiß nicht, woher er diesen Funken hatte, wo doch meine Schwiegermutter und mein Schwiegervater waren, wie sie eben waren. Darum hatte er sich wohl auch zu der *BBC*-Sendung bereit erklärt, da konnte er Leute kennenlernen, die anders waren. Er genoss ihre Gesellschaft, weil das ein bisschen was Besseres und Größeres war. Das habe ich sehr wohl gesehen.

Ich wünsche Ihnen Glück in Ihrem Leben. Aber nicht zu viel.

Hamish liegt auf dem Friedhof von Crossbost begraben.

Mit freundlichen Grüßen
Mary MacKay

Die Meer- jungfrau schlägt mit der Flosse

1

Ich wache in der Nacht auf, weil das Mädchen schreit. Was ist mit ihr los, dass sie nachts immer so plärrt? Tagsüber ist sie ganz normal, aber nachts könnte man meinen, der Teufel wäre in sie gefahren.

Zum Glück steht Pekka auf. Auch wenn das Bett kalt wird, wenn er nach oben geht.

Wäre ich allein hier, würde ich nicht nach ihr sehen. Ich würde in meinem Bett versteckt bleiben und warten, bis sie wieder aufhört. Irgendwann würde sie ja wohl aufhören. Diese furchtbare Stimme.

Die Treppe ist nachts so kalt. Man sollte sich hier lieber überhaupt nicht bewegen, bevor die Wärmepumpe anspringt. Es ist fast, als würde das Haus nachts jemand anderem gehören, mir jedenfalls nicht.

Ich will, dass es eine Tür gibt, durch die ich nach draußen rennen kann, wenn nötig. Ich will, dass ich ein sicheres Nest habe und einen Weg, auf dem ich hinauskann. Aber in diesem Haus gibt es zu viele Türen: eine in den Vorgarten, eine in den Garten, dann jeweils eine in den Keller und in den Holzschuppen. Durch alle gelangt man rein und raus.

Es ist schwierig, dieses Haus in den Griff zu bekommen. Die Wände und Türen haben unterschiedliche Zeitformen: Hier war mal, hier ist nicht mehr, dorthin könnte man. Auch die vier Haustüren kapierte ich nicht, bis ich eines Nachts nicht schlafen konnte und mir wieder mal ein Feuer vorstellte.

Seit meiner Kindheit stelle ich mir immer, wenn ich nicht schlafen kann, Brände vor. Innerlich zähle ich die Sachen auf, die ich mitnehmen müsste, plane, in welche Richtung ich laufen würde, und überlege, ob die Türklinken schon zu heiß wären. Häuser, Türen und Gepäck haben sich geändert, aber der nächtliche Brand ist geblieben. Meine letzte Wohnung lag im vierten Stock, und dort dachte ich oft ans Springen vom Balkon. Würde ich es wagen, oder würde ich verbrennen? Schwer zu sagen, bevor man wirklich in die Situation gerät.

Ende September wurden die Nächte kälter. Ich bat Pekka, einen ordentlichen Riegel an der Kellertür anzubringen. Ich hatte das Gefühl, dass sich jemand hineinschleichen wollte. Die Kälte, die Feuchtigkeit oder eine Feldmaus. Ich will nicht, dass durch diese Tür etwas anderes hereinkommt als meine selbst gekochte Apfelmarmelade.

Dann sind da noch die Fenster. Im Sommer wachte ich davon auf, dass über dem Bett eine Fledermaus flog. Sie flatterte ständig im Kreis, noch mal und noch mal, und stieß dabei immer wieder gegen den Lampenschirm. Herrgott, ich zog mir die Decke bis über das Gesicht und fing an zu schreien. Ohne es selbst zu merken, schrie ich auf Schwedisch. Pekka zog die Decke weg und fing an, mir die Waden zu massieren, weil er glaubte, ich hätte wieder einen Krampf. Schließlich kam ich auf die Idee, ins Finnische zu wechseln, und schrie: Eine Fledermaus! Er stand auf, und die Fledermaus flog tiefer, ich machte mich so flach, wie es ging, und kreischte wohl ziemlich.

Pekka schlug mit einem Tuch nach der Fledermaus und schaffte es, sie einzufangen. Da zischte und schnalzte sie in dem Stoff auf dem Fußboden und versuchte, ihn zu beißen.

Schließlich trug Pekka das Bündel zum Fenster und warf es hinaus.

»Die Arme, die hat sich bestimmt furchtbar erschreckt«, sagte Pekka, als er das Fenster schloss. Ich glaubte, ich hätte mich verhört. Der hatte Mitleid mit der Fledermaus! Ich war kindisch, aber die Fledermaus hatte sich furchtbar erschreckt, weil sie an einen fremden Ort geraten war?

Tagsüber ist das Mädchen still. Ich weiß nicht, was in ihrem Kopf vorgeht, sie sagt es nicht. Sie starrt vor sich hin und denkt nach, schnaubt nur, wenn man sie was fragt. Und nichts lässt sie zusammenzucken.

Manchmal ist es irgendwie unheimlich, wie ruhig die beiden dasitzen. Ich erinnere mich noch an den Putztag vor dem Umzug, als sie ausgemistet haben. Kein Wort, keine Träne, nichts. Sie stopften einfach nur die Sachen in schwarze Müllsäcke, und es herrschte ein stilles Einverständnis. Aber mir lief ein kalter Schauer über den Rücken. Das Mädchen warf alle Brettspiele, alle Stofftiere, alle Zeichentrick-DVDs, alle alten Kleider weg. Ich schlug vor, es wenigstens zum Recyclinghof zu bringen, aber sie wollten die alten Sachen einfach nur loswerden und zur Müllkippe bringen.

Ich war noch nie auf der Müllkippe gewesen. Man kommt ja auch nur hin, wenn man ein eigenes Auto hat. Ich habe nicht geahnt, dass sie beinahe auf dem Gipfel der Welt liegt. Eine gewundene Straße führt den Berg hinauf, wir fuhren hinter anderen Autos her, jedes hatte einen Anhänger. Und auf dem Gipfel tut sich der Himmel auf. Man kann weit in alle Richtungen sehen, irgendwo unten rauscht die Autobahn, aber auf dem Gipfel des Müllbergs dröhnte und rattert es, und zwischendurch geht alles im Geschepper von splitterndem Glas unter, wenn eine ganze Fuhre Scherben abgeladen wird.

Auf dem Gipfel stand ein Container. Dort lud Pekka in acht Säcken sein früheres Leben ab. Am Himmel flogen Möwen, und ein gelber Traktor schob mit polternder Schaufel Metallschrott zu einem dichteren Haufen zusammen. Alle Sachen, alles Leben wurde Teil der Landschaft. Teil dieses holprigen Plastikgeländes, auf dem Traktoren fuhren und Wolken von Möwen aufstoben. Auf diesem Berg ist alles kaputt, dachte ich. Der Himmel ist offen, das Glas scheppert, das Metall poltert.

Und dann fuhren wir erleichtert davon. Der Wind war frisch, der Anhänger leer, wir glitten die Flanke des Müllbergs hinunter und mit dem Wind zurück in die Welt. Das Mädchen saß still da. Die Autobahn flog mit uns, der Wind flog mit uns, die Möwen versuchten mit uns zu fliegen, blieben aber hoffnungslos zurück. Und so begann für uns ein neues Leben.

Hier raschelt und knackt es. Schmutz rieselt durch den Schornstein in den Ofen, und in den Wänden regt sich was. Käfer fallen von der Decke. Sie sind groß und schwarz und bleiben zappelnd auf dem Rücken liegen. Wenn man mit der Ferse darauftritt, hört man ein trockenes Knirschen. Was haben die hier verloren?

Wenn das Baby auf die Welt kommt, werde ich es auch verstehen. Ich werde es beschützen, zu ihm gehen, wenn es schlecht träumt, ich werde vor nichts mehr Angst haben. *Platsch, platsch,* es wälzt sich umher. Soll der Arzt doch sagen, was er will.

2 Pekka hat gesagt, das ist ein gesundes Haus, in dem die grundsätzlichen Dinge in Ordnung sind. Ich bin nicht ganz sicher, was er mit diesen grundsätzlichen Dingen meint. Er hat auch gesagt, dass dieses Haus nicht durch Renovierungen verunstaltet worden ist, auch wenn man durch seine Erzählungen den Eindruck gewinnt, dass ständig renoviert wurde. Was ich allerdings verstanden habe, ist, dass hier drei Jahre lang niemand sauber gemacht hatte, denn wenn die Abendsonne auf die Fenster schien, konnte man nicht durchsehen. In grünen Streifen rann alter Blütenstaub über das Glas. Und überall wuchsen dünne Spinnweben, zwischen den Fensterscheiben, an der Deckenlampe, in jeder Ecke, aber auch an ulkigen Stellen wie am Waschbecken, am Toaster, zwischen zwei Rollen Haushaltspapier und den Sprossen des Schaukelstuhls. Sie waren so zart, dass man sie überhaupt nur durch den Staub, der sich an ihren dünnen Fäden gefangen hatte, erkannte.

Auf den Fensterrahmen lagen tote Fliegen. Irgendwo surrte es. Eine Wespe kam aus dem Holzherd geflogen. Später bekam ich mit, dass der Schornsteinfeger Pekka riet, das Wespennest zu zerstören, indem er Steine in den Schornstein fallen ließe. Pekka fauchte, hier lässt niemand irgendwas auf irgendwen fallen, und hätte den Mann beinahe auf der Stelle hinausgeworfen.

Pekka war so aufgeregt, als er mir zum ersten Mal das Haus zeigte. Er erzählte, dass er sich überlegt hatte, die Sauna zu erweitern und am Rand des Gartens einen Patio anzulegen, und er erklärte mir neue Heizungssysteme, über die wir nachdenken könnten. Die gelbe Wand des Hauses glühte in der Abendsonne, und ich dachte, das hätte ich vor drei Jahren nicht geglaubt, dass ich jetzt in dieser Wärme stehe und ein Mann mit mir über Heizungssysteme nachdenken will.

Vom Grundstück konnte man sich nur schwer ein Bild machen, weil es so zugewachsen war. Pekka redete darüber, als gäbe es Rasen, einen Küchengarten und Blumenbeete. Aber in Wirklichkeit konnte ich nicht einmal erkennen, wo die Hecke am hinteren Rand in den Wald überging. Aus dem Rasen vor dem Haus ragten hier und da Baumsprösslinge. Das Blumenbeet war offenbar das, was jetzt unter einem riesigen Rosenbusch begraben lag. Die Schnur, die den Busch am Zaun gehalten hatte, war gerissen, die Rose nach vorn gefallen und längs auf der Erde weitergewachsen.

Im Baum hing schief eine schmutzige Plastikschaukel, im Gras blitzte Sandkastenspielzeug auf, die Johannisbeersträucher waren vom Unkraut erstickt worden.

Aber die verglaste Veranda war warm und hell. Ich malte mir aus, wie ich dort saß, in einem kleinen weißen Korbsessel. Und ich stellte mir Geranien auf der Fensterbank vor und vom Meer glatt geschliffene Steine. Und ich dachte, genau das ist Glück. Dass man eine Veranda hat, dass man Licht hat, dass man von Korbsesseln träumen kann.

Im Flur roch es nach Sommerhaus oder nach der Wohnung eines alten Menschen. Das Haus war älter und hölzerner, als ich es mir vorgestellt hatte. Auch wenn draußen die Sonne schien, war es drinnen dunkel. Alle Türen waren geschlossen. Die lackierte Holzverkleidung an den Wänden erinnerte an die Skihütte, in der wir heißen Saft getrunken haben, als ich ein Kind war.

»Hier sind Wohnküche und Wohnzimmer«, sagte Pekka

und öffnete eine Tür. Er war begeistert wie ein kleiner Junge, und seine Bewegungen waren schneller als sonst. Mir versetzte es einen kleinen Stich, als mir klar wurde, wie glücklich es ihn machte, wieder in sein altes Zuhause ziehen zu können.

Es war wirklich eine Wohnküche im alten Stil. Es gab einen Holzherd, einen Schaukelstuhl und einen Teppich an der Wand. Auf dem Fußboden lagen lange Flickenteppiche. Im Wohnzimmer waren ein paar Kinderbücher und eine Partie *Hippo Flipp* liegen geblieben, auf der Fensterbank neben der Couch stand eine schmutzige Kaffeetasse. Es war, als wäre das Zimmer vor vier Jahren in einen Dornröschenschlaf gefallen. Nicht einmal das unterbrochene Spiel hatten sie weggeräumt.

Die Deckenlampe in der Küche flackerte, als Pekka die Kühl-Gefrier-Kombination einsteckte. Der Gefrierschrank seufzte und brodelte, sprang aber an. Und mit diesem Geräusch erwachte die Küche zum Leben. Pekka lugte in den Kühlschrank, schnupperte und machte ihn wieder zu.

Als ich mich in der Küche umsah, hatte ich zum ersten Mal das Gefühl, dass Pekka älter ist als ich. Es spielt keine Rolle, aber es kam mir eben in den Sinn. Vielleicht waren es die Flickenteppiche. Oder wie groß das Haus war. Oder das *Hippo Flipp*-Spiel. Das Gutshaus war zwar auch groß, aber das gehörte nicht ihm. Das hier war sein Zuhause, seinen Händen war es vertraut, seine Füße passten in die Stiefel neben der Tür.

»So«, sagte er. »Dann fangen wir mal an.«

Kurz danach stand er mit dem Eimer in der Hand mitten in der Küche und fing gar nichts an. Ich war nicht sicher, womit er anfangen wollte und ob der Eimer oder ich etwas damit zu tun hatten. Vielleicht schwebte der Schlaf wieder im Raum und ließ seine Gedanken erstarren.

»Gibt es einen ersten Stock?«, fragte ich. Pekka fuhr herum, erwachte wieder zum Leben, stellte den Eimer weg und eilte zur Treppe.

Die Treppe nach oben war aus Holz, und jede Stufe knarrte an einer anderen Stelle und auf ihre eigene Art. Nach der siebten Stufe wechselte die Farbe von Blau zu Braun, weil dort laut Pekka früher eine Wand mitsamt Tür gewesen war. Auch das Geländer hörte mittendrin auf. Die Tür zum alten Balkon war bloß mit einer Platte verschlossen, der Flur im ersten Stock nicht tapeziert, und alle gelblich gestrichenen Türen waren zu. Sie sahen fürchterlich verschlossen aus, als hätten wir dort nichts verloren. Die Wandpappe hatte Beulen, zum Teil lag das Holz frei. Ich nenne es Wandpappe, aber eigentlich weiß ich nicht einmal genau, was es ist.

»Das hier ist Saaras Zimmer, und das größere gehört uns«, sagte Pekka und öffnete die Türen. Im Zimmer des Mädchens stand ein Puppenhaus, und auf dem Bett lag eine Puder-Bär-Tagesdecke.

»Die Tür hier führt auf den Dachboden, und hier haben wir ein Klo eingebaut. Ansonsten ist der erste Stock noch ziemlich in seinem ursprünglichen Zustand«, sagte Pekka. Dann blieb er vor der Tür des größeren Schlafzimmers stehen. »Ich habe mir überlegt, dass wir das Schlafzimmer unten nehmen und Saara das größere Zimmer hier geben könnten. Da hat sie ein bisschen mehr Platz für sich.«

»Mir ist das recht«, sagte ich. Mir war es sehr recht, denn ich hatte das Gefühl, dass mich der erste Stock nicht haben wollte.

Wieder unten, öffnete Pekka die Schränke, holte einen Korb voll Scheite aus dem Holzschuppen und machte Feuer in dem hohen Ofen in der Ecke des Wohnzimmers. Ich sah zu, wie er auf einem kleinen Schemel vor dem Ofen saß und dachte, das ist sein eigener, angestammter Platz. Er ist kein Mann für einen Gutshof. Dieses Sägemehlhaus versteht er.

3

Pekka wunderte sich, als ich die Müttergruppe abbrach, aber ich konnte es ihm nicht erklären. Ich brauche so eine Müttergruppe nicht. Das Baby wächst und bewegt sich, das reicht im Moment.

»Hat es Schuppen?«, fragte mich das Mädchen gestern.

»Natürlich nicht«, antwortete ich. »Es hat eine Haut.«

»Aha«, sagte sie und widmete sich wieder ihrer Beschäftigung.

Es hat eine Haut und ein Gesicht und mitten im Gesicht eine Stupsnase, das sieht man sogar beim Ultraschall. Es hat Hände und Finger und ein Rückgrat.

»Aber keine Beine«, sagte das Mädchen.

»Saara …«, ermahnte sie Pekka.

»Krista hat selbst gesagt, dass es keine Beine hat!«, fuhr ihn das Mädchen an. »Hat es welche oder nicht?«

Pekka antwortete nicht. Er schnitt Kartoffeln und versank in seiner eigenen Lautlosigkeit. Wie ein Taucher, der Blasen ausstößt und in der Finsternis versinkt.

»Nicht wirklich«, antwortete ich. »Man kann sagen, dass es keine hat.«

»Na also«, sagte das Mädchen. »Man kann sagen: keine Beine.«

Pekka will darüber noch immer nicht richtig reden. Er ist wütend, auch wenn er es nicht laut sagt. Er ist wütend, weil ich dem Arzt nicht glaube. Ich habe es versucht, aber als ich nach Hause kam, glaubte ich ihm einfach nicht mehr. Ich googelte den Arzt, er war drei Jahre jünger als ich. Den zweiten Ultraschall ließ ich ausfallen, und nach einer Woche dachte ich kaum noch daran. Ich ging zur Müttergruppe und verhielt mich wie die anderen. Pekka und ich schafften ein Gitterbett an. Ich kaufte eine Polsterung für den Rand, auf der Fische und Seepferdchen schwimmen.

Mein Bauch treibt dahin in dieser sprachlosen Stille. Oder nein, mein Bauch ist diese Stille. Auch wenn ich den Mantel so eng um den Bauch schlinge, dass er an den Nähten spannt, bleibt alles ruhig. Der Taucher versinkt. In der Tiefe dort gibt es nur Schläuche, Sauerstoff, Dunkelheit.

Wenn Pekka das Ohr auf meinen wassergefüllten Bauch legt und lauscht, ist alles gut. Das Baby planscht. Genau so habe ich es mir vorgestellt. Pekka hat selbst gesagt, dass man sein eigenes Kind immer liebt, ganz gleich, wie es ist. Man muss keinen Kurs besuchen, um das zu lernen.

Außerdem geschehen Wunder. Und ich glaube mehr als jeder andere an Wunder.

4

Wieder schreit das Mädchen in der Nacht. Im Zimmer ist es stockdunkel, ich höre, wie sich Pekka ein Kleidungsstück vom Stuhl schnappt und dann nach oben geht. Durch die Decke hindurch höre ich, was sie reden.

Saara: »Nein, nein, nein ... Nicht gucken!«

Pekka: »Mach die Augen auf, Saara.«

Saara: »Sie sind auf!«

Pekka: »Nein, mach die Augen auf.«

Saara: »Sie sind auf.«

Pekka: »Sind sie nicht. Saara, mach jetzt die Augen auf!«

Das Bett rumpelt, weil das Mädchen mit ihren pubertären Gliedmaßen dagegenstößt. Ich habe Pekka gesagt, dass sie ein neues Bett braucht, sie ist ja bald länger als ich. Ein Bett ohne Rahmen, damit man dieses Poltern nicht hören muss. Soll sie von mir aus auf den Boden fallen.

Schließlich kehrt Ruhe ein. Ich höre, wie Pekka das Gewicht verlagert und der Fußboden knarrt. Wahrscheinlich ist das Mädchen wieder eingeschlafen.

Es vergehen zehn Minuten. Pekka kommt noch immer nicht zurück. Kein Knarren, kein erneutes Schreien, nichts. Irgendwo weit weg heulen die Bremsen eines Lastwagens auf, die geben nachts so lebendige Töne von sich, dass ich mir manchmal nicht sicher bin, ob es ein Laster ist oder ein Hund oder ein unglücklicher Mensch. *U-u-uuuh.*

Das Haus ist kalt.

Der erste Stock hat Pekka verschluckt.

U-u-uuuh.

Ich sitze eine Weile im Bett und warte.

Schließlich schalte ich die Nachttischlampe an und stehe

auf. Ich ziehe einen Pullover an, schlüpfe in die Pantoffeln und gehe in den Flur. Auch das ist so ungewohnt, dass man hier drin nie auf Socken herumläuft. Im Flur stehen die Schuhe kreuz und quer durcheinander. Ich stolpere über Pekkas Stiefel. Am liebsten würde ich die Wärmepumpe einschalten. Ich und die Pumpe, wir gehören derselben Welt an. Einer, in der es Licht, Wärme und ein behagliches Brummen gibt. Wenn ich nach Hause komme, drücke ich immer sofort den Knopf, und die Pumpe begrüßt mich. Es ist wie der Heimkehrerknopf. Die Pumpe piepst und öffnet für mich ihre Ventile. Damit erwacht das Haus, es brummt und wird warm.

»Pekka«, rufe ich am Fuß der Treppe, aber keine Reaktion.

Ich steige die knarrende, die Farbe wechselnde Treppe hinauf. Die Lacktüren oben sind zu. Sie sind immer zu, die Schwerkraft und die verzogenen Ecken des Hauses sorgen dafür, dass sie immer wieder zufallen. Aus dem Zimmer des Mädchens dringt ein schmaler Lichtstreifen.

Pekka schläft im Bett des Mädchens. Er krümmt sich in unbequemer Haltung, den Arm als Kopfkissen, die Knie ragen über den Rand hinaus. Er hat eine Gänsehaut. Da schläft er, ein erwachsener Mann ohne Decke, am Rand eines roten, mit Aufklebern verunstalteten Kinderbetts.

Und in seinem Rücken schläft das Mädchen. Es schnauft leise, wie ein kleines Tier, das Gesicht entspannt und alterslos. Manchmal sehen Menschen im Schlaf wie Babys aus, manchmal älter und klüger, als sie sind, aber das Mädchen sieht aus, als hätte sie jedes Alter gleichzeitig.

Mit geschlossenen Augen und halb geöffnetem Mund sieht sie eigentlich sehr schön aus. Tagsüber muss sie immer so die Stirn runzeln und den Mund verziehen, dass man ihre Schönheit nur schwer erkennt. Irgendwie fehlt ihr die Freude. Ich verstehe das. Gerade jetzt, wenn ich die beiden so schlafen sehe, wird mir klar, dass ihr einfach nur die Freude fehlt.

Dass sie überhaupt zusammen in ein Bett passen. Wahrscheinlich ist das etwas, wozu nur Eltern und Kinder in der Lage sind und was andere nur schwer begreifen können. Sie finden Frieden beieinander, auch in unbequemen Positionen. Es hat etwas Magisches. Mutter und Vater werden kräftiger, je mehr das Kind wächst. Angeblich hält eine Kaiserschnittwunde genau das Heben des eigenen Babys aus. Einmal sah ich in der Bibliothek einen Vater, der einen geistig behinderten Jungen auf dem Arm trug. Der Junge war schon im Schulkindalter, konnte aber nicht einmal mit Unterstützung stehen. Sie hatten den Rollstuhl am Fuß der Treppe stehen gelassen. Der Vater trug den Jungen so natürlich wie einen Säugling, als hätte er gar nicht gemerkt, dass der Junge gewachsen ist. Ich sah zu, wie er mit dem Kind auf dem Arm die Treppe hinaufging, und fragte mich, ob auch dieser Vater bis zum Schluss durchhalten würde. Ob auch seine Kräfte wie nach einem Kaiserschnitt so stark wachsen würden, dass er fähig wäre, seinen Sohn auch dann noch zu tragen, wenn dieser erwachsen ist.

Die Körper von Pekka und dem Mädchen machen den gleichen Bogen, ihre Augen haben die gleiche Linie. Bis jetzt ist mir nie aufgefallen, wie ähnlich sie sich sind.

Am nächsten Morgen sitzen wir zusammen am Tisch, das Mädchen und ich. Wir scheinen beide gleich müde zu sein, wir hören zu, wie die Krispies in der Milch rascheln. Seit sie eine Zahnspange hat, isst sie kein Brot mehr. Was das wieder für einen Streit gab! Wie hilflos ein erwachsener Mann unter dem Druck eines kleinen Mädchens mit gerunzelter Stirn und zwei Metalldrähten aussehen kann. »Die trage ich nicht«, erklärte das Mädchen und kniff den Mund zu. Pekka schwitzte und redete ihr gut zu, grub im Internet eine Liste von Prominenten aus, die eine Spange tragen, was auch immer. Aber dann wechselte das Mädchen zum Glück den Zahnarzt. Der neue war jung und witzig und ging in seiner Freizeit bergsteigen. Das Mädchen war so beeindruckt, dass die Spange daraufhin kein Problem mehr darstellte.

»Ich hab auch einen wiederkehrenden Albtraum«, sage ich, als ich Kaffee nachschenke.

»Ach ja? Was für einen?«

»Da ist ein Fest, und ich erschieße alle Anwesenden. Pekka, dich, meine Geschwister, meine Mutter und alle anderen.«

Das Mädchen fragt: »Wirklich?«

Ich habe das Gefühl, dass sie mich zum ersten Mal richtig ansieht. Nach einer Weile fragt sie: »Kannst du in echt auch schießen?«

»Nein. Nur im Traum.«

Warum habe ich ihr das erzählt? Will ich mit den beiden im Albtraumbett liegen, um dieses Etwas zu teilen, das sie gemeinsam haben? Will ich auch einen schwarzen Müllsack haben, in den ich Sachen stopfe? Ohne Fragen, ohne Erklärungen.

»Weißt du, was ein Wunschknochen ist?«, fragt das Mädchen dann.

»Ein Hühnerknochen, an dem man mit dem kleinen Finger zieht?«

»Ja«, sagt sie und rührt in ihren Krispies. »Das Knacken

des Knochens war in meinem Traum. Und dann war der Knochen in Wirklichkeit ein Schlüssel, aber ich habe ihn verloren. Und ich musste mir mit einer Schere den eigenen kleinen Finger abschneiden, damit ein Schlüssel daraus werden konnte.«

»Zum Glück war es nur ein Traum«, sage ich.

»Nein, das ist aus *Grimms Märchen*.«

»Steht so etwas da drin?«

Als ich am Wochenende das Bett des Mädchens frisch bezog, fand ich unter dem Kopfkissen eine riesige goldene Schere. Es muss die alte Schere ihrer Mutter gewesen sein, sie sah wie eine aus, mit der die Verkäuferinnen im Stoffgeschäft Samt schneiden. Ich wollte sie nicht danach fragen, sondern legte sie einfach in die Schreibtischschublade.

5

Die Kälte kriecht über den Fußboden und lässt die Fußgelenke schmerzen. Irgendwie ist in diesem Haus die Grenze zwischen Draußen und Drinnen nicht so dick wie in einem Mietshaus. Das Wetter kommt herein, Dreck kommt herein, Wind kommt herein, Ungeziefer und Fledermäuse kommen herein. Es gibt auch keine Klingel an der Tür. Obwohl, doch, aber sie funktioniert nicht. Man kommt einfach hereingestapft. Mit den Zimmertüren nimmt es Pekka allerdings genau, ständig muss man alle Türen hinter sich zumachen, sonst wird er sauer. Er hat mir erklärt, die Mauer in der Mitte des Hauses ist wie ein warmes Herz, das von verschiedenen Feuerstellen gemeinsam erwärmt wird. Und ich dachte, die Mitte dieses Hauses ist der eisige Flur. Wir heizen die Räume am Rand und halten die Kälte mit diesen dünnen Zimmertüren ab, während im Flur ein kalter Luftzug geht.

Gestern war ich allein zu Hause, und es wurde so furchtbar kalt, dass ich beschloss, Feuer im Herd zu machen. Pekka hatte mir die Bleche und Klappen gezeigt, aber ich wusste nicht mehr, welches Blech welchen Abzug drosselt, also machte ich sicherheitshalber alle auf. Ich machte Feuer und stellte mir vor, wie schön es aussehen würde, wenn beim Nachhausekommen Rauch aus dem Schornstein steigt.

Der Rauch entstand, stieg aber nicht den Schornstein hinauf. Zuerst schlängelte er sich aus den Ritzen der Herdplatten, dann aus dem ganzen Herd. Plötzlich war die ganze Wohnküche voller Rauch. Ich machte die Klappen auf und zu, machte mehr Feuer, öffnete die Bleche noch weiter, aber nichts half. Wie, um Himmels willen, löscht man ein Feuer wieder? Sollte man Wasser darauf schütten? Ich zog die angekokelten Scheite heraus, und eine fürchterliche Menge Asche kam hinterher. Der Rauch quoll aus der Ofenklappe und sämtlichen Fugen des Herdes. Und so ein Herd hat erstaunlich viele Fugen.

Der Schornstein musste verstopft sein, was könnte da hineingefallen sein? Was, wenn es Feuer fangen würde, wenn darin beispielsweise eine tote Möwe liegt? Vom Rauch brannten mir die Augen, der Geruch setzte sich in den Haaren und überall fest, ich stieß mir den Kopf an dem gemauerten Abzug über dem Herd und wagte es nicht, Pekka anzurufen.

Als er schließlich nach Hause kam, war es mir immerhin gelungen, den Rauch zu vertreiben. Ich hatte Durchzug gemacht, und die Zimmertemperatur betrug nur noch sechzehn Grad. Ich selbst lag im Schlafzimmer, wo es wenigstens einen Radiator gab.

Am Abend zeigte mir Pekka die runde Luke an der Seite des Herdes. Wenn man die öffnet, findet man dahinter eine leere Thunfischdose. Gibt man da einen Tropfen Flüssiganzünder hinein und lässt es eine Viertelstunde brennen, wird der Schornstein warm und fängt an zu ziehen.

Heute sah ich die Wäsche durch und fand im Wäschekorb drei blutige Slips. Sie waren ganz klein zusammengeknüllt und ganz unten in den Korb geschoben worden.

Ich ging ins Bad, wo Pekka und das Mädchen sich die Zähne putzten. Ich weiß nicht, warum sie das immer gleichzeitig tun, aber sie haben diese Angewohnheit. Sie verriegeln nie die Tür, sondern spazieren einfach herein, auch wenn schon jemand im Bad ist. Manchmal fängt das Mädchen an, sich die Zähne zu putzen, wenn ich gerade beim Pinkeln bin. Gelegentlich sind wir morgens alle drei im Bad. Dann beklagt sich das Mädchen, das Bad sei zu klein. Da würde ich am liebsten antworten, ein Klo ist kein Versammlungsraum! Ab und zu verriegele ich die Tür, aber das irritiert die beiden fürchterlich. Dann rütteln sie an der Klinke und fragen durch die Tür, bist du am Kacken. Sie können nicht fassen, dass sich jemand in Ruhe das Gesicht waschen will.

»Hast du deine Regel bekommen?«, frage ich.

»Ja, ich glaube«, antwortet sie durch die Zahnpasta hindurch.

Pekka schaut das Mädchen und dann mich an und danach die zerknüllten Slips in meiner Hand. Er hat einen verwirrten Ausdruck im Gesicht. Das Mädchen spuckt aus und gurgelt.

»Bei deinem Kind hat die Regel eingesetzt«, sage ich zu Pekka, und dann ist mir plötzlich zum Heulen zumute. Ich presse weiterhin die Slips in der Hand zusammen und weiß selbst nicht genau, woher die Tränen kommen. Pekka hält mit dem Handtuch auf der Wange inne, guckt uns beide nacheinander an und weiß offensichtlich nicht, was er tun soll.

»Warum hast du nichts gesagt?«, fragt er das Mädchen.

»Ich weiß nicht«, antwortet sie.

»Du hättest es uns ruhig erzählen können«, sage ich.

Ich werde ganz traurig. Traut sie sich nicht, mit uns zu reden? Ist es überhaupt gut für sie, dass sie in diesem Haus ist? Vermisst sie ihre Mutter? Wie könnte man ihr etwas Leben einhauchen?

»Du kannst uns alles erzählen«, sage ich, und wieder wollen mir die Tränen kommen. Welches Recht habe ich, anderen zu sagen, worüber sie mit mir reden sollen und worüber nicht? Ich schäme mich, schaue Pekka aber nicht einmal kurz an. Wenn das nur jemand mal zu mir sagen würde. Erzähl einfach alles, mir kannst du alles erzählen.

»Zieh dich an, wir gehen einkaufen«, sage ich zu dem Mädchen. Dann drücke ich Pekka die schmutzige Wäsche in die Hand.

»Könntest du die einweichen? Weißt du noch, was für Binden Hannele benutzt hat?«

»Wieso?«

»Ich weiß nicht, ich dachte bloß, ich will mich ja nicht einmischen ...«

»Wird das irgendwie vererbt??«

»Nein, nein«, antworte ich.

Pekkas Augen wandern zum Regal, dann schüttelt er den

Kopf. »Die sind alle auf der Müllkippe. War das so eine lila Packung?«

Das Mädchen und ich gehen. Sie ist bereit, mitzukommen, und lässt sich sogar leicht umarmen. Weil ich es selbst nicht mehr kann, bindet sie mir die Schuhe zu. Pekka bleibt mit der Wäsche im Bad stehen. Ich sehe seinen Rücken, während er am Waschbecken steht.

6

»Lebt wohl, Füße!, O meine armen Füßchen! Wer euch wohl nun Schuhe und Strümpfe anziehen wird, meine Besten? denn ich kann es unmöglich thun! Ich bin viel zu weit ab, um mich mit euch abzugeben! ihr müßt sehen, wie ihr fertig werdet.«

In den letzten Tagen habe ich an das Buch *Alice im Wunderland* gedacht, das ich als Kind im Regal stehen hatte. Darin geht Alice ins Haus des Kaninchens, um dessen Fächer und die weißen Handschuhe zu holen, aber als sie drin ist, kommt Alice auf die Idee, aus der Flasche zu trinken, die auf dem Tisch steht. Da fängt sie an zu wachsen. Schließlich wird sie so groß, dass sie im Haus feststeckt. Draußen wird das Kaninchen wütend und droht, das Haus anzuzünden.

Auf den Schwarz-Weiß-Bildern im Buch hatte Alice einen großen Kopf und war recht hässlich. Sie trug die Kleider eines Kindes, aber hatte den Kopf einer Erwachsenen. Und wenn sie redete, hätte ich mir am liebsten die Ohren zugehalten oder die Augen geschlossen, denn sie kam von Hölzchen auf Stöckchen, wie es ihr gerade durch den Kopf ging, und machte damit alle wütend. Etwas an den Bildern machte mir Angst und stieß mich ab, aber trotzdem sah ich sie mir oft an.

Besonders an eines erinnere ich mich. Darauf reckt Alice den Hals wie ein Truthahn. Wie eine Knetfigur, die jemand an Kopf und Füßen in die Länge gezogen hat, außer dass sie nicht aus Knetmasse, sondern aus Fleisch und Knochen besteht. Ein riesiger schleimiger Fisch mit entsetztem Gesichtsausdruck. Die Haare stehen in die Höhe, der Blusenkragen spannt. Was war daran so abstoßend, dass jemand einen Körper hat, der anders ist als meiner? Mein Hals kribbelte, und ich musste würgen. Bis ins eigene Rückgrat spürte ich, wie sich bei Alice die Wirbel spannten und die Haut dehnte.

»Dummes Mädchen! Raus da, und zwar sofort, oder ich zünde das Haus an!«, rief das Kaninchen von draußen. Da war Alice schon so groß wie das Wohnzimmer. Eine Hand des riesigen Kindes ragte aus dem einen Fenster im Erdgeschoss, ein Bein mit Kniestrumpf aus dem anderen. Das Kaninchen warf Anzünder ins Haus.

Was für ein verständnisloses, gemeines Tier! Darf ein Mensch denn nicht so groß und so gebaut sein, wie er will? Mir kam der Arzt in den Sinn, der die Ultraschallbilder ausgewertet hatte. Was für ein Recht hatte er, da zu stehen und mit Brandbeschleuniger zu werfen, als könnte man das Baby damit ungeschehen machen? Was kann ich dafür, dass es nicht so groß ist und so aussieht, wie es sollte?

Alle waren ständig gemein zu Alice. Dabei war es nicht ihre Schuld, dass sie so schnell wuchs und überall stecken blieb. Sie war ja hineingerannt, weil sie helfen wollte.

Vielleicht kommen wir alle irgendwann an einen Ort, für

den wir zu groß sind und wo wir uns nicht bewegen können. Und nicht jeder hat ein Kuchenstück in der Tasche, mit dem man sich auf die Größe schrumpfen kann, die der Arzt verlangt.

7

»Schaut mal, was wir bekommen haben!«, sagt Pekka, noch bevor er die Jacke ausgezogen hat, und stapelt blutige, in Papier eingeschlagene Pakete in verschiedenen Größen auf dem Tisch. In der Küche verbreitet sich ein strenger Geruch, der mir sonderbar auf den Magen schlägt. Das Mädchen und ich gehen näher heran.

»Frischer kann es nicht sein, so etwas kriegt man nicht im Supermarkt, das sage ich euch. Das ist ethisch vertretbar und Bio und lokal und außerdem verdammt gut«, ereifert sich Pekka und macht die Pakete auf.

Das Fleisch ist dunkel und dick und riecht kräftig nach Lamm. Hier und da stehen Knochen heraus. Schulter, Keule, Rippen.

»Annu hat beschlossen, noch das Frühjahr über in Schottland zu bleiben. Fragt mich nicht, warum. Sie hat angeordnet, aus den Schafen Fleisch zu machen. Ein Freund von ihr fährt jetzt im Lieferwagen durch die Provinz und verteilt es an Annus Bekannte.«

»Ich dachte, wir holen die Schafe in unseren Garten«, sagt das Mädchen an der Tür, wohin es zurückgewichen ist, nachdem es die Pakete gesehen hat.

»Zu uns? Wir haben doch nicht mal einen anständigen

Zaun«, erwidert Pekka. Er bemerkt den Gesichtsausdruck des Mädchens nicht.

»Wie viel ist das?«, frage ich.

»Ein ganzes Lamm«, antwortet Pekka.

»Welches Lamm?«, fragt das Mädchen, aber Pekka antwortet nicht. Er hat inzwischen alle Pakete aufgemacht, und der Tisch ist voller Fleisch. Er sortiert die Stücke. Hals, Brust, Bug, Röstbraten, Rippenstück, Lende, Haxe. Das Hackfleisch platziert er in der Mitte, als wäre es der Magen. Da liegt es dann, das Schaf in Einzelteilen.

»Wir wollten Bruno zu uns holen!«, ruft das Mädchen, fängt an zu weinen und rennt polternd nach oben.

»Nein, wir haben nichts ...«, fängt Pekka an, hört aber gleich wieder auf, weil das Mädchen schon weg ist. »Das ist jetzt aber schade.«

Pekka holt das Fleischmesser und das Schneidebrett. Er springt zwischen Tisch und Schränken hin und her, als würde ihn der Geruch von Blut und Fleisch in Fahrt bringen.

»Das könnte man vorm Einfrieren bestimmt ein bisschen kleiner schneiden«, überlegt er und gibt mir die Haushaltsschere. »Du könntest die Haut entfernen, es ist wohl nicht besonders gut geputzt.«

Dann schiebt er den ersten Fleischklumpen in meine Richtung, der in den Falten noch ganz blutig ist. Die Haut schillert in Regenbogenfarben.

Pekkas Messer durchbricht die Knochen, ich schnipple. Der intensive Geruch des Fleisches breitet sich in der Küche aus.

Ich versuche, nicht an die Muskeln zu denken und daran, wie die einzelnen Stücke unter dem Lammfell angeordnet waren. Ich schneide das Fleisch und bemühe mich, nicht an das kleine planschende Wesen zu denken, dem Niere und Darm und was weiß ich noch alles fehlen. Ich versuche, nicht daran zu denken, aus was für Brocken es zusammengesetzt ist und in welcher Anordnung. Ich denke an Rosmarin, Knoblauch, Salz und Kartoffeln. Ich denke an Hähnchen. Das ist geruchlos, weiß und schleimig.

Als Kind waren die Hähnchenbacken meine Lieblingsstücke. Backen nannte ich die zwei weichen Fleischstücke an der Unterseite des Hähnchens. Mein Vater löste sie für mich mit den Fingern ab, sie quollen wie Augen aus den Höhlen. Und sie schmeckten wunderbar, weil sie im eigenen Saft geschmort hatten. Ich weiß nicht, was für Stellen am Huhn diese Backen in Wirklichkeit waren. Natürlich sind es nicht die echten Backen, weil ja der ganze Kopf fehlte. Sie befanden sich wohl am Rücken, dicht am Bürzel oder dicht am Hals, wo genau, weiß ich nicht. Vielleicht waren es die Flugmuskeln.

Alles ist durcheinander und verschoben. Ich stoße gegen den Türrahmen, schiebe Anzünder in die falschen Löcher, und meine Schnürsenkel verschwinden spurlos. Im Internet sehe ich mir Bilder von Föten an, und die entstelltesten sehen genau wie Hähnchen aus. Sie haben nichts Menschliches an sich, kein Oben und kein Unten.

Das Mädchen kommt am Abend nicht zum Essen. Sie schmollt in ihrem Zimmer und reagiert nicht, als Pekka durch die geschlossene Tür auf sie einredet.

8

Das Mädchen ist in der Schule und Pekka bei der Arbeit. Ich habe angefangen, mir auf YouTube Filme anzusehen, in denen amerikanische Entwicklungshelfer hingerichtet werden. In den Nachrichten zeigen sie nur das Anfangsbild und sagen dann, der Rest der Aufnahme sei entfernt worden. Ich war wahrscheinlich einfach neugierig, wie so etwas aussieht.

Natürlich hätte mir klar sein müssen, dass es sich nicht um einen einzigen Hieb handeln konnte, wenn ein Clip drei Minuten, sechzehn Sekunden dauert. Sie nennen es Hinrichtung, und ich dachte wohl an Filme, in denen das Beil einmal niedersaust und den Kopf abtrennt. Ich klickte und klickte und konnte einfach nicht mehr aufhören. Die Überschriften waren auf Arabisch und Spanisch, denn zum Teil war es Material von mexikanischen Drogenbanden. Es gab Messer, Schwerter und Motorsägen. Orangefarbene Overalls und Köpfe, die man an den Haaren in die Höhe hielt. Familienväter und schwarze Fahnen. Knochen, Sehnen, T-Shirts. Und, großer Gott, es gab Musik.

Pekka kommt zum Glück als Erster nach Hause. Das Baby strampelt tüchtig, vielleicht haben die Videos es so aus der Fassung gebracht wie mich.

Pekka: »Was ist los?«

Ich: »Einem Mann wurde der Hals durchgeschnitten.«

Pekka: »Wie bitte? Wo? Womit?«

Ich: »Im Computer. Mit einem Messer.«

Pekka: »Was? Krista, Mensch ...«

Ich: »Und es ging nicht gerade schnell. Und daneben

kniete ein zweiter Mann, der als Nächster an die Reihe kam.«

Pekka: »Warum siehst du dir so etwas an?«

Ich: »Drei Minuten, sechzehn Sekunden.«

Pekka: »He, Liebes …«

Ich muss auf die Toilette rennen und mich übergeben. Als ich wieder in die Küche komme, hat Pekka das Notebook zugeklappt. Er sieht mich von der anderen Seite des Raumes aus an. Er schaut mir in die Augen. Er nimmt mein Gesicht in die Hände und schaut mich an. Meine Augen können nicht stillhalten. Mein Kopf wackelt, als sitze er nicht richtig fest. Bleib, befehle ich meinem Kopf, geh nicht verloren! Roll nicht runter, Kopf!

»Es war so schrecklich …«, fange ich an.

»Schhh«, sagt Pekka.

»Warum habe ich mir das angesehen …«

»Schhh.«

Beim Schlafengehen liege ich eine Weile in Pekkas Arm. So machen wir es jeden Abend. Pekka kreist mit den Fingern in meinen Haaren, und meine Hand ruht auf seiner Brust.

»Einmal kam ein Polizist zu uns ins Gutshaus«, sagt Pekka leise. »Er kam in Zivil, zeigte aber seinen Ausweis, als er sich vorstellte. Es war einer von denen, die hier waren, als Hannele gestorben ist. Es tat ihm wirklich leid, und er sagte, er könne gleich wieder gehen, wenn mir das lieber wäre. Er fragte, ob er sich ein Foto von Hannele ansehen könne. So wie sie gewesen ist.«

Pekka seufzt.

»Dieser Polizist hatte Albträume. Und er dachte, es könnte ihn erleichtern, wenn er wüsste, wie Hannele lebendig aussah. Da saßen wir dann auf der Couch, der Polizist und ich, und sahen uns Fotos an. Ich zeigte ihm das Album mit den Sommerbildern aus Lappland und hier von zu Hause. Renovierungen und anderes. Auch der Polizist wohnte in einem nach dem Krieg gebauten Holzhaus, darum unterhielten wir uns lange über Dachbodenisolierungen und darüber, wie man den ersten Stock am vernünftigsten in drei Zimmer aufteilen könnte. Er hatte da eine interessante Idee und zeichnete sie mir auf einen karierten Block. Dann sagte er schließlich Danke, stand auf und ging. Er ist nie wiedergekommen, vielleicht haben ihm die Fotos ja wirklich geholfen.«

Pekka schaut an die Decke. Wieder hat er diesen konzentrierten Gesichtsausdruck. Als würde man ein großes Pflaster an einer Stelle mit vielen Härchen entfernen.

In der Nacht wache ich von einem fernen Rufen auf. Diesmal kommt es nicht von oben, sondern aus meinem Kopf. Es ruft: *»Kopf ab! Kopf ab! Ich werde jeden von euch hinrichten!«*

Dann schwenkt jemand einen Flamingo, dessen Schnabel mit Klebeband verschlossen ist, wie einen Schläger, und der Schädel des Vogels knallt gegen eine Krocketkugel.

»Wie kann man einen Hals abschneiden, wenn der Körper fehlt?«, fragt die Grinsekatze, deren Kopf über das Krocketfeld heranschwebt.

»Natürlich kann man das. Du hast doch einen Hals! Wenn ein Hals da ist, kann man ihn auch abschneiden!«, ruft die Königin. »Ab mit seinem Kopf! Wenn mein Befehl nicht auf der Stelle ausgeführt wird, verurteile ich jeden einzigen Anwesenden zur Kopflosigkeit!«

Man drückt mir einen Flamingo in den Arm. Ich versuche,

an seinem Körper Halt zu finden, aber seine Beine stehen in verschiedene Richtungen ab, die Federn sträuben sich, und sein Hals wird nicht steif. Ich will die Kugel nicht mit ihm schlagen. Der mit Klebeband zum Schweigen gebrachte Vogel starrt mich falsch herum an.

»Schlägst du oder schlage ich?«, ruft die Königin. Und ohne meine Antwort abzuwarten, schlägt sie.

Pekka schläft.

Ich könnte auch irgendwohin gehen, an einer Tür läuten und darum bitten, dass sich jemand mit mir Fotos ansieht.

9

Nach der Müttergruppe mache ich einen Spaziergang. Neben dem Gesundheitszentrum fängt ein Waldstück an, durch das eine Laufstrecke führt. Um diese Tageszeit kann ich ungestört vor mich hin watscheln, es sind keine Jogger unterwegs, keine Hunde, auch keine Ponys aus dem Reitstall.

Drei Mal war ich bisher in der Müttergruppe. Es wurde über Geburtserwartungen gesprochen, es wurde Babyzubehör verglichen, wir wurden über das Stillen aufgeklärt. Alle Frauen waren sympathisch, wir hatten alle ungefähr gleich große Bäuche.

Ich weiß nicht, warum ich es gesagt habe. Zu dem Zeitpunkt hatte ich mich nicht einmal getraut, es Pekka zu sagen, obwohl ich wusste, dass ich es tun sollte. Aber weil alle ihre Gefühle über die Schwangerschaft und das Mutterwerden mit den anderen teilten, schien es mir in dem Moment plötzlich möglich zu sein. Als hätte etwas in mir auf den richtigen Augenblick gewartet, um darüber reden zu können, und dann war er auf einmal da.

Beim dritten Mal erzählte ich also, dass die unteren Gliedmaßen unseres Kindes wie eine Flosse zusammengewachsen sind und dass man nicht mit Sicherheit voraussagen kann, wie lange es leben wird. Ich zählte die Körperteile und Organe auf, die ihm fehlen.

Die anderen Mütter fragten, wie ich es wagen könnte, ein solches Kind auf die Welt zu bringen. Sie fragten, ob wir nicht bei der Nackenfaltenmessung gewesen seien. Sie sagten, ich sei echt stark und sie selbst wären dazu vielleicht nicht in der Lage. Aber ich begriff, dass sie Mitleid mit mir hatten. Plötzlich waren die anderen Mütter nicht mehr daran interessiert, welches Tragetuch ich in Erwägung zog oder was ich von einem Familienbett hielt. Plötzlich wollten sie alle sagen, dass ihre Situationen und Babys ganz anders waren. Ihre Babys waren normal, und unser Baby war es nicht. Eine Frau fing an zu weinen, weil sie fand, dass der Tod eines Babys etwas so Schreckliches ist. Eigentlich dürfe man gar nicht darüber sprechen, damit das Pech nicht andere anstecke.

Unser Baby ist nicht tot, wollte ich sagen. Es ist nicht einmal auf der Welt. Und nicht alle, die so sind, sterben. Ich sagte nicht, für wie viele das galt, aber sie fragten auch nicht danach. Keine wollte mehr das Ultraschallbild sehen und das Näschen bewundern. Und als die Nackenmassage an die Reihe kam und man sich eine Partnerin suchen sollte, drehte sich die Frau, die gesagt hatte, über den Tod eines Babys dürfe man nicht sprechen, plötzlich von mir weg, als könne der Tod von meinem Nacken aus auf sie springen.

Im Spätherbst ist es so still. Vögel, Fliegen und die Blätter von den Bäumen sind weg. Man hört gar nichts. Hier und da ragt ein Trompetenpfifferling aus dem Boden, aber ich lasse ihn stehen, weil ich keine Lust habe, ihn in die Handtasche zu stopfen.

Ist hier niemand?

Die alten Griechen hatten eine bestimmte Methode. Wenn sich die Handlung eines Theaterstücks verknotet hatte und die Personen selbst nicht mehr in der Lage waren, den Knoten zu lösen, dann wurden die Götter auf die Bretter geschickt. Weiß gekleidete Männer in einer kleinen Kiste. An knarzenden Seilen wurden sie mitten auf der Bühne herabgelassen, und man ließ sie das Urteil sprechen. Zwar galt dieser Schluss als nicht so galant, wie wenn die Figur selbst fähig gewesen wäre, ihr Problem zu lösen, aber in Ermangelung eines Besseren musste es eben reichen.

Ich gehe ungefähr einen Kilometer. Dann, ohne Vorwarnung, fängt es an zu rauschen. Es ist eine Welle, die anschwillt. Mitten in diesem stillen Wald türmt sie sich auf, und plötzlich überkommt mich das Gefühl, dass alles zerbricht. Ich bleibe nicht heil, ich werde in diesem Gestrüpp hier zerfließen, und es wird nur ein nasser Fleck von mir zurückbleiben. Es ertönt ein Laut, ich keuche in den Wald hinein und kann nicht glauben, wie ich klinge. Warum bin ich hier so allein? *Hilfe, helft mir!* Ich stehe da, nein, hier, mitten auf dem weichen Boden, und finde nicht einmal an einem Kiefernstamm Halt. Ich stehe hier, genau hier, ich bin so sehr hier und weiß nicht, wie mir geschieht. Ich bin so sehr hier, weil es vielleicht gar nichts anderes gibt.

Alles zerbricht.

Ich habe viel Wasser in mir, ein ganzes Meer. Das scharfe Felsufer sticht mir in die Seite. Manchmal stürzt ein ganzer Steilhang in den Ozean, und die Menschen kommen mit ihren Eimern angestürmt, um nach Fossilien zu graben.

Ich bin so sehr hier, alles andere ist weg.

Wie können neben dem Baby noch so viele Liter Wasser in mir drin sein! Das Salzwasser dringt durch die Haut und steigt in einer Welle in die Lunge auf. In mir strampelt ein Meerestier. Wie das braust! *Lasst die Götter herab!* Ich versuche weiterzugehen, aber das Wasser steigt aus dem Bauch nach oben. Ich bleibe neben den Trainingsgeräten stehen, um Luft zu holen. Vielleicht ist die Gebärmutter gerissen und das Fruchtwasser in den Körper geflossen. Ich halte die Hand vor den Mund, damit das Meer nicht herauskommt.

Das Baby braucht Wasser.

Wasser ist gut.

Zum Glück tut es nicht weh.

Es ist bestimmt gut, dass es nicht wehtut.

Bin ich es, die hier steht? Ist es mein Keuchen, das man da neben den Trainingsgeräten hört? *Helft dieser Frau, ihr Götter, sie tut einem ja richtig leid!* Warum bin ich nur so allein hier, könnte nicht wenigstens jemand vorbeilaufen? Kann mich bitte jemand neben diesem Trompetenpfifferling hier in den Arm nehmen?

Das Wasser sinkt wieder. Nein, das hier ist nicht real. So ist es. Das Wasser sinkt, und die Haut hält. Das hier ist nicht real.

Das hier ist nicht mein Leben. *Geh!* Ich gehe weiter.

Und wenn
sie nicht
gestorben
sind, dann
leben
sie noch
heute

1

Es war einmal ein Vater, der fuhr zum Wandern nach Lappland. Er wanderte ganz allein, obwohl das gefährlich ist, denn man kann sich im Wald das Bein brechen, und dann sitzt man in der Tinte.

Am dritten Tag hörte der Vater im Wald ein Klingeln. Er wusste nicht, ob es Morgen oder Abend war, denn seine Uhr hatte er in der Stadt gelassen, und die Sonne schien Tag und Nacht. Aber er hörte das Klingeln und sah zwischen den Bäumen eine Mutter, die sich eine Bärenschelle an den Rucksack gebunden hatte. Auch die Mutter war allein nach Lappland gekommen. Sie war klatschnass, denn sie war gerade durch einen breiten Fluss gewatet, um schneller zum Lebensmittelladen zu gelangen. Durch die Flussüberquerung war die Mutter nun zwei Tagesreisen näher am Laden, und im Laden gab es Schokolade. Der Vater fand die nasse Mutter entzückend, und er teilte mit ihr die Schokolade, die er noch hatte. Es waren fünf Stückchen, und die Mutter bekam davon drei (wichtige Stelle).

Der Vater und die Mutter verliebten sich ineinander und spazierten gemeinsam aus den Fjälls davon.

Die Mutter wohnte in einem kleinen Dorf am Rand eines großen Waldes. Sie wohnte zusammen mit ihren drei Tanten, die sie Tante Braun, Tante Marshmallow und Tante Onkel nannte.

Das kleine Dorf hatte nur fünf Häuser. Der Wald wiederum war so groß, dass man durch ihn bis in die Sowjetunion und nach Lappland kam.

Als die Mutter nach Hause zurückkehrte, waren Tante Braun, Tante Marshmallow und Tante Onkel schrecklich böse, weil die Mutter heimlich allein nach Lappland gegangen war. Da half es nicht einmal, dass sie eine Bärenschelle mitgenommen hatte. Als Nächstes ärgerten sich die Tanten darüber, dass die Mutter mit einem bärtigen Vater aus Lappland zurückkam. Aber eigentlich wusste niemand ganz genau, warum die Mutter überhaupt mit den drei Tanten im Wald wohnte, schließlich hatte sie die Universität besucht.

Die Mutter brachte den Vater in die Stube der drei unzufrieden schnaubenden Tanten, und zum Erstaunen aller fanden die Tanten Gefallen an dem Vater und fütterten ihn mit Kuchen und Schmorbraten. Im nächsten Sommer reparierte der Vater das Saunadach, und die Tanten verziehen der Mutter alles. Dann heirateten der Vater und die Mutter und bekamen ein Wunderbares Baby und zogen ins Sägemehlhaus. Und wenn sie nicht gestorben sind, dann leben sie noch heute.

Mein Vater und meine Mutter hatten unterschiedliche Versionen von dem Sommer, in dem sie sich in Lappland kennenlernten. Ich mochte beide. Aber vielleicht mochte ich die Version meines Vaters noch mehr, weil die mit Bärenschellen klingelnde Mutter nach einer Märchenfigur klingt. Mir gefiel auch, wie mein Vater die unzufriedenen Tanten nachahmte und wie die Reparatur des Saunadachs sie dazu brachte, für ihn Fleisch zu schmoren und ihn »unser Pekka« zu nennen.

Die Version meiner Mutter konzentrierte sich auf die drei

Tanten. Ich hatte Angst vor ihnen, weil sie so streng klangen und weil der Wald ringsherum so groß war.

Meine Mutter erzählte dafür besser vom Wunderbaren Baby. In der Version meines Vaters schwelgte er in der Erinnerung, wie der Arzt meiner Mutter den Bauch aufschnitt und mein Vater fast ohnmächtig geworden wäre, aber die Version meiner Mutter konzentrierte sich nur auf mich. Ich war blass und schön, ich hatte große, runde Augen und ein oranges Näschen, und einmal hat eine Frau im Café gesagt, sind da Batterien drin? Das ist ja so niedlich wie eine Puppe!

Die drei Tanten waren echt, außer dass zwei von ihnen starben, als ich noch das Wunderbare Baby war. Tante Marshmallow blieb am Leben und wohnte im Altersheim. Manchmal besuchte ich sie dort mit meiner Mutter. Tante Marshmallow lag im Bett, meine Mutter erzählte ihr vom Garten und vom Gemüsebeet, bat sie bei einigen Pflanzen um Rat, obwohl sie die Ratschläge nie befolgte.

Schließlich kam es so, dass Tante Marshmallow länger lebte als meine Mutter. Sie wurde im Rollstuhl zur Beerdigung gefahren, wo sie dann mit verwirrtem Gesichtsausdruck dasaß, als würde sie nicht verstehen, was los ist. Ihre Haut sah so dünn wie Seidenpapier aus. Der Kranz in ihren Händen zitterte, und schließlich nahm ihn ihr jemand ab und legte ihn auf Mamas Sarg. Da bekam es Tante Marshmallow mit der Angst zu tun, und der Rollstuhl wurde weggeschoben.

Es war das vorletzte Mal, dass ich Tante Marshmallow sah. Einmal ging ich mit meinem Vater zu ihr, als wir schon im Gutshaus wohnten, aber weil mein Vater nicht über meine Mutter sprechen wollte und er keine Fragen zum Küchengarten stellen konnte, machten wir es nicht noch einmal.

Nach dem Tod meiner Mutter zersprang die Geschichte meines Vaters zu Eissplittern. Einmal versuchte er, sie zu erzählen, aber als er an die Stelle mit der Flussüberquerung kam, brach er ab.

Mama ist unfertig geblieben, und wir können sie nicht zu Ende erzählen. Mama war eine Märchenfigur, die dem Fluss entstieg und durch dunkle, düstere Wälder bis in die Sowjetunion und nach Lappland und wieder zurück wanderte. Und wenn solche Figuren sterben, dann sterben sie nicht ohne Grund und auf eine blöde Art. Sie lassen das Wunderbare Baby nicht im Stich, dem sie die Kleider am Kaminfeuer wärmen, sie gehen zumindest nicht weg, ohne eine Nachricht zu hinterlassen. Lange habe ich auf eine Nachricht gewartet. Ich las Bücher und dachte, eines Tages fällt aus irgendeinem Buch ein Brief, der alles erklärt. Oder Mama hat Sätze unterstrichen, und meine Aufgabe besteht einfach darin, das richtige Buch zu finden. Und ich dachte über die Zeit nach und stellte mir vor, dass meine Mutter zwischen den unterstrichenen Wörtern auftauchen würde, jetzt, wenigstens noch ein einziges Mal.

Tante Marshmallow blieb im Altersheim. Das Wunderbare Baby verschwand hinter den Wandpaneelen, und wir zogen ins Gutshaus.

Das war ein mieser Schluss, aber einen besseren haben wir nicht hingekriegt.

2 Vielleicht wäre ein Weltuntergang eine gute Sache. Alles würde auf einmal aufhören, und das wäre ein klarer Schnitt. Die Dinosaurier starben, weil ein Meteorit auf die Welt fiel und anschließend alles von der aufsteigenden Asche verdunkelt wurde. Dieses Bild gefällt mir. Ein dicker Ascheteppich legt sich weich wie Tante Annus Wolle über die Erdkugel, und alles stirbt. Irgendwann später wird man beim Graben in der Erde auf den dicken Teppich stoßen. Er ist überall, in allen Ländern, immer gleich. Und in dem Teppich schlafen die Dinosaurier, die Bäume, die anderen Tiere und alles Gras der Welt.

Wenn es mit dem Weltuntergang nicht klappt, bleibt als einzige Alternative das Paradies. Tante Annu sagte, sie hat gehört, das Paradies kommt dann, wenn alle Menschen auf der ganzen Welt für einen Moment ohne Sünde bleiben. Ein Moment würde genügen, aber es müsste überall derselbe Moment sein. Ein kleiner Augenblick sündenfreie Welt, und, *peng*, da ist das Paradies. Das Horn ertönt, die Engel flattern auf, und mit der Welt ist es vorbei.

Ich bin mir beim Paradies nicht sicher. Ich habe in Engel kein Vertrauen.

Manchmal lag ich im Gutshaus in meinem Metallbett und stellte mir vor, wie man das Paradies herbeiführen könnte. Wenn man alle Menschen auf der Welt gleichzeitig zum Schlafen bringen würde, könnte es klappen, denn im Schlaf kann man nicht sündigen, selbst wenn man Albträume hat.

Oder man könnte in den Fernsehnachrichten oder in den

Zeitungen verkünden, dass morgen um acht Uhr alle für eine Minute bleiben sollen, wo sie sind, und nichts Böses denken oder tun dürfen. Ich überlegte, wie man das allen Menschen mitteilen könnte, auch denen, die nicht fernsehen und keine Zeitung lesen. Würden es alle Menschen auf der Welt erfahren, wenn man rechtzeitig anfangen würde, sie zu informieren? Auch diejenigen, die im Urwald leben? Oder die Gauner im Gefängnis oder solche, deren Sprache sonst niemand spricht? Und wenn jemand in genau dem Moment nicht ohne Sünde bleiben will, darf man den dann zwingen? Über solche Dinge dachte ich nach, bis sich meine grauen Zellen verknoteten und ich einschlief.

Wenn es keinen Schluss gibt, dann ist es auch keine richtige Geschichte. Das wusste auch Jesus, als er Ostern organisierte. Darum kann man den Weltuntergang nicht übergehen. Und genau deshalb ärgerte ich mich als Kind über die Pfarrer in der Osterkirche, weil sie eine gute Geschichte kaputt gemacht haben.

Vielleicht wollen gar nicht alle das Paradies. Vielleicht wollen die meisten Menschen keinen Schluss, weil sie Angst vor dem Tod haben. Und darum kommt das Paradies nicht, und die Dinge nehmen einfach ihren Lauf.

Vielleicht geht die Welt überhaupt nur weiter, weil Dinge einfach passieren. Gleichzeitig, zur falschen Zeit, zu verschiedenen Zeiten, an falschen Orten. Wenn alles geordnet wäre, so wie es die Engel befehlen, wenn die Engel sagen würden, schaut nicht hin, und alle würden sich daran halten, würden wir mit einem Stoß ins Horn im Paradies landen. Aber die Welt dreht sich, und das Leben geht weiter, weil sich immer ein Mensch findet, der nach hinten schaut. Jemand vergisst, die Nachrichten zu sehen, jemand fängt Streit an, wenn er es nicht soll, manche haben einfach keine Lust, gut zu sein, jemand steht zufällig im Garten, wenn ein Eisklumpen herabfällt. Und darum kommen wir nie ins Paradies.

3 Krista schläft auf der Couch. Ihre Hosenknöpfe sind offen, und sie hat die Bluse nach oben geschoben, in der Mitte ruht ihr großer nackter Bauch. Unter der Haut verlaufen blaue Adern wie Stromkabel in der Wand. Der Nabel steht hervor. Vielleicht ist der Nabel ein Knopf, mit dem man das Licht im Aquarium einschaltet. Die Haut ist so dünn und so straff gespannt, dass man bestimmt hindurchsehen könnte, wenn im Bauch eine Lampe brennen würde. Im Bauch, im trüben Wasser unter den Adern, treiben dunkle Formen. Leber, Milz, Kristas Darm und dazwischen der Embryo.

Krista schläft, aber der Bauch nicht. Laut dem Arzt ist es ein Wunder, dass der Embryo lebt. Meiner Meinung nach ist es ein Wunder, wie der ganze riesige weiße Bauch von links nach rechts schwappen kann. Und gleich noch einmal. Krista trägt eine Meerjungfrau in sich. Ich habe gehört, wie mein Vater das sagte. Was Krista im Bauch hat, ist zur Hälfte ein Fisch, ohne Schuppen und ohne Beine. Aber darüber darf man nicht sprechen.

Ab und zu schaukelt Krista auf dem Gymnastikball und seufzt. Sie gibt Töne von sich und nimmt Haltungen ein, bei denen ich mich schäme. Sie steht mitten im Wohnzimmer auf allen vieren, und ihr Wasserbauch hängt zwischen Armen und Beinen wie ein Sack. Sie cremt ihren Bauch ein und zupft die Härchen heraus, die plötzlich am Nabel wachsen. Manchmal kommt sie selbst nicht mehr heran, dann muss mein Vater sie mit der Pinzette herausziehen. Sie macht Atemübungen, wobei sich alle Hügel an ihrem Körper heben, und hin und wieder pupst sie dabei.

Eines Tages hat Krista eine Freundin zu Besuch, und sie trinken im Wohnzimmer Tee und unterhalten sich. Sie reden über etwas, das mit der Brust zu tun hat, die Freundin ist auch schwanger. Da sagt Krista plötzlich, ich kann's dir zeigen. Sie öffnet die Bluse und nimmt eine Brust aus dem BH. Sie drückt die Brustwarze und sagt: »Ist das nicht verrückt!« Dann lachen beide, weil aus Kristas Brustwarze ein Tropfen trübe Milch kommt, obwohl noch gar kein Baby geboren worden ist.

Meine Brust ist noch klein. Ich klebe Sportlertape auf die Brustwarzen, damit sie sich nicht unter dem T-Shirt abzeichnen. Allerdings kriegt man einen Ausschlag, wenn man das Tape zu oft benutzt.

Als die Freundin weg ist, bittet mich Krista, mit ihr zusammen die Zutaten für den Salat zu schneiden. Sie will immer gemeinsam kochen, aber sie hat furchtbar strenge Regeln.

Ich hoffe, dass sie sich nicht vor mir die Bluse aufknöpft. Sicherheitshalber beschließe ich, ihr eine Geschichte zu erzählen.

»Einmal hat auf dem Gutshof ein Schaf ein Lamm zur

Welt gebracht«, fange ich an und verrate nicht gleich, was für eine Geschichte folgen wird.

»Ehrlich wahr?«, fragt Krista und schneidet mit dem Messer eine Gurke in Scheiben. Die Scheiben sind dick, und sie hält die Gurke beim Schneiden schräg. Sie findet, solche Scheiben sind am besten.

»Eines Abends hingen ein Bein und halber Kopf aus dem Po des Schafs heraus.«

Krista muss lachen.

»Tante Annu versuchte zu helfen und zog ein bisschen an dem Lamm. Aber es steckte fest. Das eine Bein war angewinkelt, und mit angewinkeltem Ellbogen passte es nicht durch.«

»Habt ihr den Tierarzt angerufen?«

»Nein, Annu holte Papa. Dann versuchten sie gemeinsam zu ziehen. Annu hielt das Schaf, Papa zog am Lamm, und jedes Mal, wenn er zog, rief das Schaf Määh! Määh!«

»Und dein Vater hat dich zugucken lassen?«

»Es war ein bisschen wie ein Spielzeug, bei dem man an der Schnur zieht. *Määh! Määh!*«

»Trotzdem furchtbar.«

Krista kippt die schiefen, dicken Gurkenscheiben in die Schüssel. Dann nimmt sie eine Avocado, schneidet sie auf und zieht die Hälften auseinander. Sie schlägt das Messer kräftig in den Kern und dreht ihn heraus.

»Das Ziehen dauerte so lang, dass es schon ganz dunkel geworden war. Ich hielt die Taschenlampe und leuchtete auf den Po des Schafs. Schließlich rief Tante Annu einen Mann an, der ihr sagte, wie man das Lamm wieder zurückschiebt und in eine bessere Position dreht. Und weißt du, was? Tante Annu steckte den Arm ganz tief in das Schaf hinein!«

Ich strecke den Arm aus und zeige auf den Ellbogen.

»Dann schrie Tante Annu plötzlich: Au! Mein Vater und ich erschraken, weil wir nicht verstanden, was passiert war.«

Krista starrt mich und meinen Arm an.

»Schwindelst du mir was vor?«, fragt sie unsicher.

»Nein. Der Po des Schafs ging zu, und Annus Hand blieb stecken.«

»Wie bei einer Wehe?«

»Genau. Angeblich tat es richtig weh. Aber dann war es plötzlich wieder vorbei, und die Tante konnte die Hand herausziehen. Und dann bewegte sich das Bein des Lamms in die richtige Position, und es kam auf die Welt. Es war ganz schleimig.«

»Puh«, sagt Krista und wäscht sich die Hände. »Davon hat mir Pekka gar nichts erzählt.«

»Wenn dein Baby stecken bleibt, macht man es bei dir vielleicht auch so.«

»Sicherlich nicht genau so.«

»Am nächsten Morgen war das Lamm tot, obwohl meine Tante es sofort ins Warme und zum Niesen gebracht hatte, so wie man es tun muss. Es starb trotzdem.«

»Hör mal, ich lege mich ein bisschen hin«, sagt Krista und verlässt die Küche. Ich komme nicht einmal dazu, zu sagen, dass die Geburtsgeschichte noch gar nicht zu Ende ist.

Nachdem das Lamm geboren war, tranken mein Vater und Tante Annu einen Brandy. Mein Vater schickte mich los, seine Jacke zu holen, die er auf der Wiese vergessen hatte. Ich nahm die Taschenlampe mit.

Die Äste der Bäume sahen immer seltsam aus, wenn man sie mit der Taschenlampe anleuchtete. Ein bisschen wie auf einem Röntgenbild. Schwarz wurde weiß, und überraschende Dinge wurden sichtbar. Meine hellblaue Jacke leuchtete, und ich hoffte, dass keine Fledermaus gegen mich knallte.

Die Schafe schlummerten auf dem Rasen, bleiche Flecken inmitten der Dunkelheit. Sie lagen da, als wäre nichts gewesen. Das Lamm und seine Mutter waren zum Aufwärmen in den Speicher gebracht worden.

Ich fand die Jacke meines Vaters am Schafgatter. In dem Moment, als ich die Jacke sah, blitzte neben dem Zaun etwas auf.

Dort stand ein Fuchs. Seine Augen leuchteten wie zwei runde Lampen, als das Licht sie traf. Ich blieb stehen. Der Fuchs versteifte sich, hörte aber nicht auf zu fressen. Seine Mundwinkel waren feucht. Was fraß er da?

Ich ging näher heran und hob die Jacke auf. Zwischen den Beinen des Fuchses lag ein blutig glänzender Haufen. Das war die Plazenta des Schafes, begriff ich.

Als ich mich wieder aufrichtete, hörte ich den Fuchs laut schlingen. Dann schnappte er sich die letzten Reste und verschwand in der Dunkelheit.

4

Einmal sah ich eine Sendung über ein indisches Mädchen, das noch nie einen nackten Mann oder Jungen gesehen hatte, nicht einmal einen ohne Hemd. Als die Brust des Mädchens anfing zu wachsen, stellte es sich vor, dass der Mann zwei Mulden in der Brust hat, in denen die Brüste der

Frau versinken. Dass Mann und Frau auf diese Weise zusammenpassen. Bis zur Hochzeit hatte sie das geglaubt.

Ich mochte das indische Mädchen, und mir gefiel, wie wenig es wusste. Ich stellte mir die indischen Brüste in den Mulden der indischen Männer vor; wie die beiden Herzen dicht aneinanderschlugen und sich die Wärme in jeden Winkel ausbreitete.

5

Ich wache auf, weil ich von der Kommode her ein Geräusch höre.

Es ist ein Knirschen und Knarzen, und zwischendurch mischt sich ein metallisches Klackern darunter. Man sieht die Kommode nicht, es ist zu dunkel im Zimmer. Ich traue mich nicht, Licht zu machen, ich liege nur still unter der Bettdecke und lausche.

Es ist das Geräusch einer Schere. Jemand schneidet in einer dunklen Ecke meines Zimmers etwas mit einer Schere. Er tut es langsam, als hätte er eine stumpfe Schere oder etwas Dickes zu schneiden. Man sieht nichts, aber man hört deutlich die Schere. Zuerst das Klackern, dann *narsk, narsk, narsk*. Die Schere knirscht, die Dunkelheit bleibt.

Plötzlich sehe ich einen grauen Streifen in der Ecke. Er verläuft mitten durch die Schwärze von oben nach unten. Und während die Schere schneidet, wird der Streifen immer länger. Jemand schneidet ein Loch in die Dunkelheit. Die Dunkelheit ist schwarz, aber dahinter ist es grau. Die Linie verzieht sich und nimmt schließlich Form an. Es ist gar keine

Tür, es ist eine lange, dünne Gestalt, die sich selbst ausschneidet. Sie *ist* das Loch. Das Loch hat sich aus der Dunkelheit gelöst, und jetzt fängt es an, sich zu bewegen.

Das Entsetzen fährt mir in die Brust, und ich habe keine Luft mehr in der Kehle. Kein Pieps kommt heraus. In den Ohren rauscht das Blut, ich höre nichts als das Tosen meines Blutes.

In den Büchern sind Gespenster immer weiß, aber dieses Gespenst ist schwarz. Reine, ausgeschnittene Dunkelheit. Und während es sich bewegt, schließt sich das Dunkel wieder hinter ihm.

Es hat eine Schere in der Hand und sieht aus wie Mama. Und in dem Moment, in dem ich meine Mutter erkenne, versuche ich nicht länger zu schreien. Es ist Mama. Nach so vielen Jahren ist sie als Gespenst zurückgekehrt.

Das Gespenst hat Mamas Haare und Mamas Größe. Es hat einen Kopf auf. Seine Finger sind knochig, und die Zigarettenhand ist auf die vertraute Art erhoben, obwohl sie gar keine Zigarette hält, sondern eine Schere. Ihr Knie knackt vertraut. Es ist Mama, außer dass sie nur eine Hülle ist. Es ist die weggenommene Mama, das Loch, das Mama in meinem Zimmer hinterlassen hat.

Das Gespenst tritt ans Fußende des Bettes, und meine Zehen werden kalt. Als würde das Dunkel mich an den Zehen ziehen, als würden sich die Zehen gleich lösen. Und vielleicht sind sie auch gleich ab, denn jetzt hebt das Gespenst die Schere. Es ist die Nagelschere aus dem Erdgeschoss, mit der meine Zehennägel geschnitten werden, sie ist jetzt bloß zur Größe einer Küchenschere angewachsen. Ich trete die Bettdecke weg und schreie. Und plötzlich macht meine Lunge *plopp* wie eine Flasche, und meine Stimme kehrt zurück.

Die Dunkelheit sprüht Funken, und ich bin ein einziger strampelnder, kreischender Bettdeckenwust.

»Saara! Saara! Saara!«, ruft Papa, während er die Treppe heraufeilt. »Hör auf zu strampeln! Mach die Augen auf!«

»Die sind offen!«, rufe ich mit geschlossenen Augen.

»Das war nur ein böser Traum«, versucht er mich zu beruhigen und streichelt die Bettdecke über meinem Kopf.

Ich traue mich nicht, die Augen zu öffnen.

»Was hast du geträumt?«, fragt Papa.

Ich schüttle heftig den Kopf. Dann setzt sich Papa an den Bettrand und lässt mich zur Ruhe kommen. Schließlich krieche ich unter der Decke hervor, Haare und Nacken feucht vom Schweiß.

»Du hast wahrscheinlich bloß Wachstumsschmerzen«, murmelt Papa und streicht mir die verschwitzten Haare aus dem Gesicht. Das ist neuerdings seine Standarderklärung für alles. Papa kann nicht fassen, dass mir manche von Mamas alten Kleidern schon passen, und er denkt, ein solches Wachstum muss wehtun.

Nachdem er gegangen ist, liege ich still im Bett und denke nach. Das Wunderbare Baby liegt da und überlegt, warum die mit Bärenschellen klingelnde, vor Flusswasser triefende und Schokolade liebende Mutter sich in ein Gespenst verwandelt hat. Die wollpulloverweiche, in die Höhe ragende, Kleider am Ofen anwärmende Mama.

Ach, wenn Papa nur zurückkäme und mir noch einmal seine Lapplandgeschichte erzählen würde. Ach, wenn er nur vom Wunderbaren Baby erzählen würde, das mit einem Messerschnitt geboren wurde und ihn fast ohnmächtig werden ließ. Ach, wenn die normale Mama nur zurückkäme und sich einen besseren Schluss für sich ausdenken würde. Ach, wenn sie nur richtig erzählen und nicht zu viel Ausgedachtes hineinschmuggeln würde. Ohne Schluss ist es keine Geschichte, aber so einen Schluss will ich nicht.

6

Als wir im Gutshaus wohnten, war ich das einzige Mädchen in der Schule, das Schafe und Kronleuchter zu Hause hatte. Und ein Geheimzimmer, aber davon wussten meine Klassenkameraden nichts. Ich war das Gutsmädchen alias ehemaliges Wunderbares Baby, und als das Gutsmädchen zehn wurde, spielte es mit seinen Freundinnen, sie wären auf einem Ball. Tante Annu zündete die Kerzen auf dem Kronleuchter an und servierte Saft in hohen Gläsern. Das Gutsmädchen und seine Freundinnen rannten durch die Zimmer im Erdgeschoss, stiegen zum Turmzimmer hinauf und gingen die Schafe streicheln. Die Freundinnen sagten zum Gutsmädchen, du führst ein erstaunliches Leben, weil deine Mutter tot ist und ihr fünfzehn Schlafzimmer habt. Aber aufs Klo trauten sie sich nicht allein. Das Klo im Gutshaus lag am Ende eines langen Gangs. Tante Annu hatte es dunkelrot gestrichen und im Gang an den Wänden gerahmte Schwarz-Weiß-Fotos aufgehängt. In einem Rahmen war nur Glas, und dahinter sah man alle zwölf Tapetenschichten, die sich an der Wand gefunden hatten.

Das Gutsmädchen begleitete seine Freundinnen zum Pinkeln. Die Freundinnen fragten, hast du keine Angst vor den ganzen leeren Zimmern? Aber das Gutsmädchen erzählte von dem Gespensterforscher, der das Gutshaus schon untersucht hatte, bevor es in Tante Annus Besitz gekommen war. Der Gespensterforscher hatte gesagt, in diesem Haus herrscht ein guter Geist, und erst danach hatte die Tante es gekauft.

Eines der Mädchen schaltete das Licht im Toilettengang aus, und das Gutsmädchen und seine Freundinnen standen im Dunkeln Schlange, dicht zusammengedrängt. Die Decke knarrte, weil der Vater und Tante Annu oben umhergingen. Das Gutsmädchen und seine Freundinnen kreischten und lachten, aber alle pinkelten im Dunkeln.

Dann beschloss mein Vater, dass wir zurück ins Sägemehlhaus ziehen. Über viele Jahre hinweg hatte er nicht einmal einen Blick in seine Richtung geworfen, wenn wir am Haus vorbeigefahren waren, aber plötzlich war es wieder ein normales Holzhaus, das atmete und dessen Konstruktion und grundlegende Dinge in Ordnung waren. Auf einmal hatte es nichts mehr mit Mama zu tun, auch nicht damit, dass ihr der Kopf fehlte, oder damit, dass die Veranda ein Loch gehabt hatte. Außer, dass es an der Stelle repariert worden war. Plötzlich fing mein Vater an, von Mama in der Vergangenheitsform zu sprechen, plötzlich sprach er überhaupt von ihr, plötzlich fing er an, einen Patio anzulegen, obwohl es früher immer geheißen hatte, dass passt nicht zum Stil der Vierzigerjahre.

Niemand kam auf die Idee, den Gespensterforscher zu rufen. Die grundlegenden Dinge sind in Ordnung, versicherte mein Vater und hämmerte an seinem Patio herum. Woher hätte er wissen sollen, dass Mama als Gespenst im Sägemehlhaus wartete? Wie hätte er es auch merken können, wenn er von ihr in der Vergangenheitsform sprach?

Und so zog Krista ins Sägemehlhaus ein und brachte ihre weißen Möbel und klimpernden Sachen mit. Die klimpernden Sachen waren ein Perlenvorhang für den Türrahmen, ein Glas voller Muscheln, ein Porzellanengel, chinesische Entspannungskugeln und eine Sammlung gläserner Teelichthalter.

Krista hatte immer allein gelebt, darum waren alle ihre Sachen Frauensachen. Sie hatte eine weiße Couch, einen weißen Tisch, einen Sessel und viele Zierkissen mit englischen Aufschriften. Sie hängte handgemalte Schilder ins Bad, auf denen *Hände, Gäste* und *Schmuseschweinchen* stand. Sie deckte zum Spaß den Tisch mit dem schönen Service, zündete eine Kerze an, verteilte das Essen auf den Tellern und machte dann ein Foto davon.

»Na, Saara, was ist das für ein Gefühl, wieder ins eigene Zuhause zu ziehen?«, fragte sie mich am Umzugstag.

»Das Gutshaus war auch mein Zuhause«, antwortete das Gutsmädchen.

»Aber weißt du«, fuhr Krista fort, »ein Mensch kann im Laufe seines Lebens mehrere Zuhause haben. Ich habe als Erwachsene fünf gehabt. Nein, sechs.«

»Warum hast du ein Doppelbett, obwohl du immer allein gewohnt hast?«, fragte ich.

»Saara«, sagte mein Vater und sah mich streng an.

»Ich frag ja nur.«

»Reden wir ein andermal darüber«, antwortete mein Vater, was seine Standardantwort bei Dingen war, über die er nie wieder reden wollte.

»He, ich hab dir einen Türschmuck gekauft!«, rief Krista aus und nahm eine weiße Türverzierung aus der Tüte. Darauf stand *Home sweet home*. Um den Text herum liefen eine Rosette und ein Korbgeflecht.

»Ich dachte, das könnte dich beruhigen, wenn du dir wieder Sorgen über Schimmel und Feuchtigkeitsschäden machst«, lachte Krista und küsste meinen Vater auf die Wange. Sie hatte keine Scheu davor, Papa wegen der komischsten Dinge anzulachen.

Die Erwachsenen fragen immer, was dies und jenes für ein Gefühl ist. Aber was soll man darauf antworten? Ein komisches Gefühl. Als wir zum ersten Mal zum Saubermachen ins Sägemehlhaus kamen und mein Vater mich bat, den Eimer aus dem Putzschrank zu holen, wusste ich nicht einmal mehr, wo sich der Schrank befand.

Aber als ich dann im Flur stand und den Putzschrank suchte, erinnerte ich mich plötzlich ganz deutlich daran, wie das Haus roch, wenn wir von einer Urlaubsreise nach Hause kamen. Das eigene Zuhause riecht nach nichts, wenn man sich jeden Tag darin aufhält. Aber wenn man eine Woche weg ist, nimmt es wieder seinen eigenen Geruch an.

So habe ich als kleines Kind gerochen.

Vielleicht gleichen sich die Häuser und die darin wohnenden Menschen an. Das Haus riecht nach seinen Bewohnern, und die Bewohner riechen nach ihrem Haus. Wir tauschten den Geruch des Sägemehlhauses gegen den des Gutshauses, als wir umzogen, und jetzt trage ich neue, größere Kleider, und die riechen alle nach hohen Räumen, Kachelöfen und Schafwolle.

Schließlich kam mein Vater und holte den Eimer selbst.

»Nicht mal um so eine Kleinigkeit kann man dich bitten«, schnaubte er und ging durch den Flur in die Küche.

Der Putzschrank war nicht im Flur. Er befand sich in der Küche neben der Speisekammer. Und der Staubsauger im Putzschrank hatte eine andere Farbe als der, auf dem ich auf einem alten Foto sitze.

7

Ich wache davon auf, dass das Gespenst schon auf meinem Bett sitzt. Es sitzt so auf der Bettdecke, dass ich meine Hand nicht bewegen kann. Es sieht nicht gemein oder böse aus, sondern tot. Mamas Gespenst schaut mich an, aber sein Blick verrät, dass es mich nicht kennt.

Es beugt sich über mich und bewegt die Lippen. Seine dunklen Haare fallen auf die vertraute Art nach vorne. Zuerst hört man nur ein Rauschen, und ich spüre seinen Atem.

Mein Gesicht wird kalt.

Langsam versteht man etwas, als würde man im Radio einen Sender suchen. Die Wörter laufen schon, aber man kann sie noch nicht verstehen. Schließlich dringt ein Flüstern durch das Rauschen:

»Schnipp und schnapp.«

Und kurz darauf: *»Klipp und klapp.«*

Mehr will ich nicht hören. Ich weiß, was das für Wörter sind. Als ich klein war, lieh Mama einmal den *Struwwelpeter* in der Bibliothek aus, weil es ihrer Meinung nach ein drolliges Buch ist. Aber ich hatte Angst vor dem Struwwelpeter, und das Buch wurde in der nächsten Woche zurückgegeben. Lange traute ich mich nicht an das Regal mit dem Buchstaben *H* heran, wo sich der Struwwelpeter versteckte.

»Schnipp und schnapp. Klipp und klapp«, flüstert Mama.

»Bitte nicht«, flehe ich ganz leise. Aber Mama spricht weiter und klappert im Takt der Verse mit der Schere:

»Bauz! da geht die Türe auf, und herein in schnellem Lauf springt der Schneider in die Stub zu dem Daumen-Lutscher-Bub. Weh! jetzt geht es klipp und klapp mit der Scher die Daumen ab, mit der großen, scharfen Scher! Hei! da schreit der Konrad sehr. Mit nur einem kurzen Blick lässt der Schneider den Lutschdaumen zurück, ›Runzelwürstchen‹ meint er trocken und macht sich dann auf die Socken. Wimmernd bleibt der Konrad hocken.«

Das Gespenst wendet sich mir mit der Schere in der Hand zu. Ich verstecke die Hand hinter dem Rücken und drücke das Kinn auf den Saum der Bettdecke. Das Gespenst sucht nach einem Weg unter die Decke, sein langes Haar schwingt, als es den Kopf dreht. Dann setzt es sich auf den Boden neben dem Bett, greift nach einer Ecke der Bettdecke und fängt an, den Rand abzuschneiden. Die Schere klimpert.

Klipp, klapp, und der Rand löst sich.

»Zu groß«, sagt das Gespenst heiser. Wieder greift es nach der Decke und schneidet sie weiter in Streifen, jetzt am oberen Ende entlang. *Klipp, klapp,* macht die Schere unter meinem Kinn. Das Gespenst steigt auf allen vieren über meine Brust hinweg. Ich spüre, wie Mamas Haare über meine Wange streichen.

»Zu groß«, brummt das Gespenst erneut. Es biegt an der Ecke der Bettdecke ab und schneidet auch den dritten Rand in einem Streifen ab. Als es an der vierten Seite ansetzt, ziehe ich die Knie an, damit die Schere nicht meine Zehen erwischt. *Klipp, klapp,* schneidet sie den unteren Rand ab. Dann hält das Gespenst inne und wendet sich meinem Gesicht zu. Es schaut mich kurz an, mit dem gleichen leeren Blick wie zuvor.

»Zu groß«, tönt die Stimme des Gespensts erneut. Dann ist es plötzlich verschwunden.

Ein kalter Luftzug dringt unter den Rändern der Bettdecke durch. Mir ist kalt. Ich denke an Bruno, dessen eigene Mutter versucht hat, ihm das Ohr abzubeißen. Ich habe nie verstanden, warum seine Mutter das getan hat, und ich verstehe auch das hier nicht.

Ich liege still da und warte. Mama kehrt nicht zurück, die Schere klimpert nicht mehr. Im Gutshaus konnte ich mich in der Wand verstecken, wenn ich wollte, aber hier geht das nicht. Dies ist ein gesundes Haus mit einer atmenden Konstruktion, aber auch das hilft nichts.

8

Ich weiß noch, wie wir die letzte Dose eingefrorene Erdbeeren aßen, auf deren Deckel in Mamas Handschrift *2010* stand. Tante Annu hatte damals die Gefriertruhe im Sägemehlhaus geleert.

Wir aßen die Erdbeeren langsam. Sie hatten eine Kruste aus Eis und Zucker, und sie schmeckten herrlich kalt und süß. Niemand sprach über Mamas Küchengarten und die Eissplitter auf der Veranda oder die Erdbeerpyramide, die ungebaut blieb, als Papas Autoreifen die Treppe herunterfielen.

Ich erinnere mich an Mamas blutrote Finger, wenn sie die Erdbeeren in die Dosen fallen ließ. *Poks, poks,* machte das Plastik, und der Zucker rieselte darüber. Mama leckte sich die roten Finger ab und aß die zu kleinen Erdbeeren selbst. Die zu großen schnitt sie mit dem Messer in der Mitte durch. Auch das Messer war ganz rot vom Erdbeersaft.

9 Die Küche ist kalt und voller Rauch. Krista macht Pfannkuchen. Es ist mein Geburtstag, und Krista hat beschlossen, dass es zum Frühstück Pfannkuchen geben muss. Das Fenster steht offen, und die Dunstabzugshaube surrt, aber trotzdem schwebt der Rauch durchs ganze Erdgeschoss.

Krista steht frierend am Herd, denn bloß im Nachthemd ist es kalt, und darum ist sie gereizt. Von mir aus könnte sie aufhören mit dem Backen und sich anziehen, aber sie scheint zu denken, dass ein Geburtstag erst richtig anfängt, wenn die Pfannkuchen fertig sind.

Kristas Pfannkuchen sind dünner als die echten, und sie hat nur eine kleine Portion wässrigen Teig gemacht. Es gibt zwei Pfannkuchen für jeden, obwohl die ganze Idee von Pfannkuchen ja darin besteht, dass man viel zu viele davon isst. Ich vermisse Tante Annu. Alles, was sie in der Küche machte, war üppig und spritzte. Einmal die Woche fuhr sie zum Supermarkt und kaufte eine Riesenmenge ein, sie kochte Suppe für drei Tage, und wenn sie Pfannkuchen backte, waren es so viele, dass man noch am nächsten Abend welche essen konnte.

»Schlagsahne drauf! Sonst ist es kein Geburtstagspfannkuchen!«, befiehlt Krista und klatscht einen Löffel voll Sahne auf meinen Pfannkuchen.

»Ich mag das nicht.«

»Probier es einfach, dann schmeckt es dir auch. Und Marmelade dazu, und ein Minzeblatt, und dann mache ich ein Foto – warte!«

Krista holt ihr Handy und macht ein Bild von meinem Sahnepfannkuchen. Das schickt sie dann ins Netz und schreibt darunter: *Herzlichen Glückwunsch zum Geburtstag, Saara!*

Papa und Krista schenken mir einen Föhn.

»Das ist von Annu«, sagt Papa und holt eine Stoffrolle aus dem Küchenschrank. »Sie hat es vor ihrer Abreise hier versteckt. Es müsste eine Karte dabei sein.«

Ich öffne die Rolle. Es ist ein bunter Flickenteppich. Auf der Karte sieht man eine Mosaikwand, die alt zu sein scheint. Das Mosaik zeigt einen Schmetterling. Auf der Rückseite steht:

Herzlichen Glückwunsch zum Geburtstag, Schätzchen! Kannst Du Dich noch an die hier erinnern: Froschkapuzenpulli, lila Cordhose, Pet-Shop-T-Shirt, Engelpyjama? (Die anderen erkennst Du bestimmt auch.) Ich dachte, vielleicht wäre es schön, die Kleider als Erinnerung aufzubewahren – ein bisschen wie leere Hüllen. Aber hej, jetzt bist Du ein echter Schmetterling und schon zwölf Jahre alt! Ich drück Dich und küss Dich! JetztreichtderPlatznichtmehr, A.

»Wird Annu je wieder im Gutshaus wohnen?«, frage ich.

»Wer weiß das schon?«, murmelt mein Vater.

Er ärgert sich, denn nachdem Tante Annu in der Welt verschwunden ist, um Geschichten zu sammeln, trägt er die

Verantwortung für Förstorgård. Bald kommt der Winter, im blauen Zimmer fehlt die Tapete, niemand hat Brennholz bestellt, und wir wissen nicht einmal, was wir mit den Schafen tun sollen.

Ich betrachte den Teppich, den Annu gewebt hat. Den hat sie noch zu der Zeit gemacht, als alle ihre Arbeiten viereckig waren. Der Teppich ist ein bisschen länger als ich, und wenn ich mich darauflegen und die Ränder über mich schlagen würde, würde ich gerade so hineinpassen, wie eine Raupe in den Kokon.

Im Teppich steckt mein ganzer alter Kleiderschrank. Zu gleich großen Stücken zerschnippelt und durch den Webstuhl gejagt. Kleider, in denen ich damals nach Förstorgård gezogen bin. Da sind T-Shirt-Streifen, Jeansstreifen und Rüschenkleidstreifen, sogar zwei dünne Unterhosenstreifen. Rosa, Orange, Jeansblau und Grün. Hier und da leuchtet die rote Regenjacke hervor. Ich war damals ein ziemlich buntes Mädchen. Und ein ziemlich rüschiges auch.

An den Rändern hat Annu Knöpfe und Verzierungen aus verschiedenfarbigen Reißverschlüssen angenäht. Die Farben, die sich auf dem Teppich vermischen, erinnern an Wasser, in das man Öl gießt. Alles ist durcheinander, aber jedes Teil unterscheidet sich von den anderen.

Am erstaunlichsten ist aber trotzdem, wie dicht, gleichmäßig und fest er ist. Dass Annu aus etwas, das so lose und fließend, schreiend und unwirklich war, ein so überschaubares Viereck weben konnte. Beide Enden sind verstärkt, die Farben komponiert. Da ist er. Fängt hier an, hört da auf. Und wenn sie nicht gestorben sind, dann leben sie noch heute.

Ich gehe in den ersten Stock. Mein neues Zimmer hat einen blaugrauen Fußboden. Durchs Fenster sieht man das Spielhäuschen und die Treppe zur Veranda. Vielleicht will Papa hier nicht schlafen, weil das Fenster zur Gartentreppe hinausgeht. Vor der Treppe liegt Mamas Küchengarten, und sie hatte die Angewohnheit, gleich am Morgen von diesem Fenster aus zu gucken, was für ein Wetter der Himmel versprach.

Ich habe neue Vorhänge bekommen. Mit blauen Schmetterlingen auf weißem Grund.

Ich breite den Geburtstagsteppich, den Tante Annu gewebt hat, auf dem Fußboden aus. Er passt gut dahin, fast so, als hätte Annu erraten, dass das große Schlafzimmer im ersten Stock einmal mein Zimmer sein würde. Fast so, als hätten meine alten Kleider gewusst, dass sie eines Tages zu Teppichfasern zerschnippelt werden und der Fußboden graublau sein würde. Mein Vater hat mich nicht einmal gefragt, in welches Zimmer ich ziehen möchte. Er hat gesagt, da hast du Platz für dich, und hat mich in den ersten Stock gesteckt. Ich wusste gar nicht, dass ich Platz für mich brauche. Im Gutshaus gab es fünfzehn Schlafzimmer, da war Platz genug.

Ich lege mich auf den neuen Teppich. Betaste mit dem Finger ein Stück Froschkapuzenpulli, und er antwortet mit einer grünen Stimme *Quoak. Schön, dich mal wieder zu sehen.*

10

Als das Gespenst das nächste Mal kommt, hat es ein Fleischmesser in der Hand. Es setzt sich auf mein Bett, so wie Mama es immer getan hat, und fängt mit einer Geschichte an.

»Es waren einmal zwei Schwestern, die heiraten wollten«, sagt das Gespenst heiser. *»Ein Prinz kam, um sie einen Schuh anprobieren zu lassen, denn er hatte beschlossen, diejenige, der der Schuh passt, zu heiraten. Die Schwestern wollten ihr Glück versuchen.«*

Das Messer des Gespensts riecht nach Schaf. Mein Vater muss es auf der Spüle liegen gelassen haben. Ich bin den ganzen Abend in meinem Zimmer gewesen und habe versucht, den Geruch des Lammbratens, der sich die Treppe heraufschlängelt, nicht zu beachten. Ich kann nicht glauben, dass sie Bruno getötet haben.

»Gib mir den Schuh, ich probiere ihn an!«, sagte die erste Stiefschwester und setzte sich, um den Schuh anzuziehen. Ihre Zehen waren jedoch zu lang. »Schneide einen Zeh ab, schneide einen Zeh ab«, sagte die Stiefmutter und reichte ihr das Messer. »Wenn du Königin bist, musst du ohnehin nicht mehr zu Fuß gehen.«

Und die Stiefschwester nahm das Messer und schnitt sich den großen Zeh ab. Sie zwängte den Fuß in den Schuh und sagte: »Er passt!«

Offenbar ist das Messer nur ein Requisit, und das Gespenst hat diesmal nicht vor, etwas zu zerschneiden. Es unterstreicht den Ausruf *»Er passt!«* jedoch, indem es das Messer hebt.

Der Prinz wunderte sich über das Blut, das aus dem Schuh sickerte, und bat darum, ihm den Schuh zurückzugeben. Da sag-

te die zweite Stiefschwester: »Gib mir den Schuh, ich probiere ihn an!« Und so setzte sie sich hin, um den Schuh anzuprobieren.

Bei dieser Schwester war die Ferse zu groß. Die Schwiegermutter reichte ihr das Messer und sagte: »Schneide die Ferse ab. Wenn du Königin bist, musst du ohnehin nicht mehr zu Fuß gehen.«

Und die zweite Stiefschwester schnitt sich die Ferse ab, zwängte den Fuß in den Schuh und sagte: »Er passt!«

Der Prinz wunderte sich jedoch erneut über das Blut, das aus dem Schuh sickerte, und wollte ihn zurückhaben.

»Gib mir den Schuh!«, sagte die erste Schwester und schnitt sich den Fuß ab. Sie steckte den Beinstumpf in den Schuh und sagte: »Er passt!«

»Gib mir den Schuh!«, sagte da die zweite Schwester und schnitt sich ihrerseits den Fuß ab. Dann steckte sie den Beinstumpf in den Schuh und sagte: »Passt!«

»Gib mir den Schuh!«, sagte da die erste Schwester und schnitt sich den Unterschenkel ab. Sie steckte das Knie in den Schuh und sagte: »Er passt!«

»Gib mir den Schuh!«, sagte da die zweite Schwester …

Als die Schwestern keine Beine mehr hatten, nahm der Prinz den blutigen Schuh und ging ins nächste Haus zum nächsten Mädchen. Und die Schwestern heirateten nie. Ende.

Das Gespenst wartet kurz ab, mit erhobenem Messer, zufrieden. Als ich die Augen öffne und begreife, dass die Geschichte zu Ende ist, verschwindet es.

Ich habe schrecklichen Hunger. Seitdem ich von der Schule nach Hause gekommen bin, habe ich nichts gegessen, weil der Küchentisch voller blutiger Lammfleischpakete war, aber jetzt tut mein Bauch richtig weh. Ich stehe lautlos auf und schleiche mich nach unten.

Ich mache kein Licht, als ich die Küche betrete. Vor diesem Haus habe ich keine Angst. Ich nehme die Butter und den Käse aus dem Kühlschrank, und erst da bemerke ich, dass Krista am Fenster steht. Sie schaut in den dunklen Garten. Nachts sieht sie immer so verwirrt aus. Als würde sie sich nicht erinnern, warum sie hier ist und was das für ein Haus ist. Jetzt dreht sie sich zu mir um.

»Hast du schlecht geträumt?«, fragt sie.

Ich nicke.

»Ich auch«, sagt sie.

Vielleicht kommt das Gespenst auch ins Erdgeschoss. Woher soll ich das wissen? Vielleicht hat jeder sein eigenes Gespenst. Ich schaue Krista an und warte, ob sie vorhat, mehr zu erzählen. Aber sie wendet sich wieder dem Fenster zu.

Das schmutzige Fleischmesser liegt im Spülbecken.

Ich schmiere mir drei Brote und lasse Krista im Dunkeln zurück.

11

Mamas Sachen sind in drei große Kartons gepackt und auf den Dachboden gebracht worden. Der erste Karton enthält offizielle Dokumente, zwei Fotoalben, einen mit Wollfaden zusammengebundenen Stoß Briefe, eine Chronik des Heimatdorfes von Tante Braun, Tante Marshmallow und Tante Onkel, die Mütze von Mamas Vater, die Löffel von Mamas Mutter, Mamas Babyschuhe, einen Zeitungsausschnitt über einen Kürbis, den Tante Braun gezogen hatte, Mamas Abiturientenmütze sowie ein paar alte Tassen. Mein Vater hat gesagt, dass ich später einmal entscheiden darf, was mit Mamas Sachen passiert, aber bis dahin können sie auf dem Dachboden bleiben.

Der zweite Karton enthält Mamas Anziehsachen. Ihr Abendkleid passt mir schon fast. Als sie am Bügel hingen, sahen die Kleider noch lebendig aus, aber als mein Vater sie abnahm und zu flachen Stapeln zusammenlegte, sind sie gestorben. Ich konnte es hören. Als mein Vater den großen grauen Wollpullover faltete, hörte ich, wie der Pullover den letzten Atem ausstieß und in sich zusammensank.

Der dritte Karton ist voller Schuhe. Die meisten sind mir noch zu groß, aber die senffarbenen Stiefel passen schon. Sie haben einen Holzabsatz und eine schmale Spitze, und sie klappern, wenn man darin geht. Man kann damit nicht trippeln und sich nicht drehen, man kann darin nur feste Schritte machen. Manchmal ziehe ich sie an und gehe zum Laden und zurück. Ich liebe ihr Geräusch.

Von Mal zu Mal erinnert mich das Gespenst weniger an Mama. Die vertraute Mama wird weniger, das Gespenst dünner und sein Gewicht auf mir leichter. Dann dreht es allmählich durch. Als bekäme es nicht mehr genug Strom. Es knistert und hüpft hin und her, seine Geschichten geraten durcheinander. Vielleicht haben Gespenster eine Batterie, und wenn die nicht aufgeladen wird, gehen sie irgendwann aus.

»Es war einmal eine kleine Schwester, die ihren Hühnerbeinschlüssel verlor«, fängt das Gespenst an. Es fängt immer mittendrin an, sucht immer nur die ekelhaftesten Stellen aus. Ich kenne die Stelle mit dem Hühnerknochen, ich versuche, nicht jedes Mal daran zu denken, wenn wir Hähnchen essen.

So wie ich versuche, nicht an Bruno zu denken, wenn es in der Küche nach Rosmarin riecht.

»Was für ein Dummkopf!«, kichert das Gespenst. *»Da hilft nur* bauz, klipp, klapp. *Warum hast du den Schlüssel verloren! Hände hoch, wer hat hier Finger? Ha, jetzt geht's weiter, jetzt geht's weiter. Die kleine Schwester nahm das Messer, schnitt sich den kleinen Finger ab und machte damit das Tor auf. Und wenn sie nicht gestorben sind, dann leben sie noch heute.«*

Tante Annu wollte immer am Wunschknochen des Hähnchens ziehen. Zwei Menschen greifen mit dem kleinen Finger nach dem Schlüsselbein und ziehen, bis es bricht. Wer den Knubbel erwischt, darf sich was wünschen. Ich hasse das Knacken und wollte lieber nicht ziehen. Außerdem hatte die Tante schon zwei Mal im Lotto gewonnen, sie brauchte die Wünsche gar nicht mehr. Bekam ich den Knochenknubbel, wünschte ich mir, dass mir Mama eine Nachricht schickt. Aber das hat sie nie getan.

Ich verstehe nicht, warum es so ein Spiel überhaupt geben muss, bei dem man Knochen zerbricht.

Das Gespenst knackt mit den Fingern. Zuerst zieht es an einem nach dem anderen, dann faltet es die Hände und lässt alle Gelenke krachen. Mama hat das nie getan. Es gibt mir erstaunlich viel Kraft, als mir klar wird, dass Mama das nie gemacht hat.

Das Gespenst erzählt weiter: *»Ein Hirte kam und fand am Ufer einen Knochen. Daraus schnitzte er sich ein Mundstück für sein Horn.«*

»Du hast schon ›und wenn sie nicht gestorben sind‹ gesagt.«

Das Gespenst hält inne und sieht mich an.

»Die Geschichte ist schon vorbei«, sage ich.

»Es war einmal ein Horn«, korrigiert sich das Gespenst und fängt eine neue Geschichte an. *»Der Hirte blies in das Horn, und der Knochen fing an zu singen:* In der Wand ist ein Mädchen begraben! Das ist Mord, das ist Mord! *Die Brüder hörten das Lied des Knochens und brachen die Wand auf. Das Skelett einer Jungfrau fiel aus dem Sägemehl auf den Fußboden. Nur ein Knochen fehlte, nämlich der, mit dem das Horn ertönte. Die Brüder gingen zur Stiefmutter und fragten: ›Welche Strafe gibt es für denjenigen, der ein Mädchen lebendig in der Wand begräbt?‹ Und die Stiefmutter antwortete: ›Ein solcher Schurke soll in ein Fass mit spitzen Nägeln gesteckt und den Berghang hinuntergerollt werden, bis ans Wasser.‹*

›Gerade hast du dein eigenes Urteil gesprochen‹, sagten die Brüder und sperrten die Stiefmutter in ein Nagelfass. Dieses ließen sie dann den Hang hinunterrollen. Mit entsetzlichem Schreien rollte die Stiefmutter den Hang hinunter und versank schließlich im Wasser.«

»Du bist nicht Mama«, sage ich zu dem Gespenst.

An der Wand hängen zwei Röntgenbilder in goldenen Rahmen. Das erste zeigt meine Schulter. Das zweite meine Zähne, es wurde gemacht, als ich meine Spange bekam. Ich fragte, ob ich das Bild haben könnte, und bat meinen Vater um einen goldenen Rahmen, der genauso war wie der erste.

Ich habe echte Knochen. Beim Gespenst knacken zwar die Gelenke, würde der Arzt aber ein Röntgenbild von ihm machen, würde man darauf nichts sehen. Ich habe Zähne. Ein Teil von ihnen pocht noch im Zahnfleisch, weil sie keinen Platz zum Wachsen haben. Aber sie sind da.

12 Dann höre ich eines Tages, als ich von der Schule nach Hause komme, wie mein Vater und Krista über Mama reden. Ich bleibe im Flur stehen und lausche. Ich will wissen, ob sie das Gespenst gesehen haben.

»Vielleicht hätte Hannele gar nicht auf normale Weise sterben können. Sie war eine so unwirkliche Erscheinung. Wie einem Film entsprungen. Vielleicht brauchte sie so einen Tod.«

Es ist die Stimme meines Vaters. Was meint er eigentlich? Wo ist die Bärenschelle, wo die Schokolade? Mama hat gar keinen Tod gebraucht. Was redet er da?

Mein Vater und Krista verstummen. Vielleicht gibt mein Vater Krista einen um Entschuldigung bittenden Kuss. Bald redet er aber weiter: »Es ist besser, dass Hannele den Garten nicht als diesen Urwald zu Gesicht bekommen hat.«

Es schnürt mir die Kehle zu. Sagt er tatsächlich, es ist besser, dass Mama tot ist, *damit sie nicht sehen muss, was der Garten für ein Urwald ist*? Der Garten *wäre* doch gar kein Urwald, wenn Mama noch leben würde! Der Urwald ist gewachsen, weil mein Vater ein Jahr im Bett gelegen und danach Blindekuh gespielt hat und am Sägemehlhaus vorbeigefahren ist, als würde es das Haus gar nicht geben!

Mein Vater hat Mama in ein Päckchen gewickelt. Die Zeit hat ihn geheilt, und die Märchenfiguren sind tot. Der Papa, der weinte und den Ofen vollheulte, *warum, warum*, sitzt jetzt da und sagt das, weil es zur Geschichte passt.

Papa hat mit Mama abgeschlossen. Er hat kein Gespenst gesehen, er hat den Patio gebaut und entschieden, dass der

Eisklumpen der passende Tod für Mama war. Er vermisst die Bärenschelle nicht, weil er jetzt Krista hat, die mit Glasperlen klimpert. Ach, käme nur das Gespenst mit seiner Schere und schnitte ihm die Zehen ab!

Genau in dem Moment ertönt ein Knall im Wohnzimmer. Das ganze Haus erzittert, und ein wenig Sägemehl rieselt auf den Fußboden. Ohne weiter nachzudenken, betrete ich die Wohnküche. In der Wand rauscht etwas nach unten.

Erst nach einem Moment kommen die Gedanken. Vielleicht ist ein Vogel gegen das Fenster geflogen. Vielleicht ein Elch gegen die Wand gestoßen. Vielleicht das Gespenst gegen das Bücherregal gekippt. Vielleicht ist wieder etwas vom Himmel gefallen.

Die Verkleidung mit den halbhohen Paneelen an der hinteren Wand im Wohnzimmer ist aufgeplatzt. In der Wand ist ein Riss, die Bretter stehen in alle Richtungen ab, und ein großer Haufen Sägemehl liegt auf dem Boden. Das war das Rauschen, das ich im Flur gehört habe. Ich stehe da und starre die Wand an.

Aus dem Riss wächst ein Apfelbaum.

Ein Apfelbaum!

Sein zarter Stamm ragt aus der Wandverkleidung, er hat drei Zweige und an jedem ein paar blasse Blättchen. Der Schössling muss schon lange hinter den Paneelen gewachsen sein und immer stärker gegen die Abschlussleiste gedrückt haben, bis er schließlich die Wand zum Bersten brachte. Da steht er nun, der Baum, und reckt sich gierig zum Fenster.

Ich höre, wie mein Vater sich im Schlafzimmer bewegt und dann an der Tür zur Wohnküche erscheint.

»Hast du das auch gehört?«, fragt er noch, bevor er die Wohnzimmerwand sieht. Er bleibt im Türspalt stehen und starrt.

»Das ist ein Apfelbaum«, sage ich.

Auch Krista erscheint in der Küche. Ihr Bauch ist nackt, sie hat die Hose nach unten und die Bluse nach oben gerollt. Sie hält sich beim Gähnen die Hand vor den Mund.

Mein Vater sagt noch immer nichts. Er kratzt sich den Kopf und atmet.

»Woher weißt du, dass es ein Apfelbaum ist?«, fragt Krista.

»Was spielt das für eine Rolle, ob es ein Apfelbaum ist oder nicht?«, ruft mein Vater, aber mehr zu sich selbst als zu Krista.

»Ich weiß nicht«, antwortet Krista. »Aber … Er wächst aus der Wand.«

»An den Blättern«, sage ich. »Ein Apfelbaum hat solche Blätter.«

»Aber wie kann der aus der Wand wachsen?«, will Krista wissen.

Ich gehe zu dem Baum, und Sägemehl bleibt an meinen Fußsohlen haften. Ich weiche den Holzsplittern aus, die sich von den Brettern gelöst haben, und linse in die Wandverkleidung hinein. Hinter der Spanplatte schlängeln sich die Wurzeln des Baums. Sie verschwinden im Fußboden. Das Sägemehl ist dunkel und feucht, ein erdiger Geruch steigt auf.

Der Apfelbaum wirkt stark, obwohl er so blass ist. Ich streichle seinen hellen Stamm. Er muss aus einem der Kerne gewachsen sein, die ich als kleines Kind in die Wände und die Bodenritzen des Sägemehlhauses gesteckt habe. Nach all den Jahren ist etwas daraus gewachsen.

Ich betrachte die Wand. Mir fällt die schmutzige Tapete

mit den hellen Schatten der Möbel ein, die hinter den Paneelen verschwunden sind. Das hier ist die Stelle, an der Mama mich am Morgen eines Renovierungstages gezeichnet hat, vor vielen Jahren. Türkise Strumpfhose, Zöpfe und Kugeln in den Haaren. Das ist die Stelle, ich bin mir ziemlich sicher.

Holzsplitter, Späne, verbogene Nägel. Vielleicht hat Papa recht. Wachstum tut weh.

Mein Vater dreht sich um und geht Kaffee kochen. Als kurz darauf die Maschine brodelt, kommt er wieder ins Wohnzimmer, hebt ein Stück der kaputten Leiste vom Fußboden auf und beugt sich dann nach vorn, um die Wand zu untersuchen. Er schiebt eine Hand in die Wand, presst Sägemehl in der Faust zusammen und riecht daran. Dann macht er das Gleiche noch einmal. Diesmal hat er schwarzes, bröckelndes Holz in der Hand. Er schnappt einmal nach Luft und schluckt, blickt zur Decke, auf den Fensterrahmen, in die Zimmerecke.

»Puh, nichts zu machen. Ich hab immer ... Irgendwie hab ich immer ...«

Er zerdrückt das schwarze Holzmehl in der Hand. Dann greift er nach einem Brett, das hinter dem Loch schimmert, und zieht daran. Das morsche Holz bricht wie Knäckebrot.

»Hier muss Regenwasser eingedrungen sein. Die ganze Wand ist feucht. Feucht und morsch ...«

»Was machen wir jetzt?«, fragt Krista.

»Mit der Wand, oder wie?«

»Und überhaupt.«

»Ich weiß nicht«, sagt mein Vater. »Du, ich weiß es einfach nicht.«

Da ertönt plötzlich ein Schluchzen. Mein Vater und ich

drehen uns um und sehen Krista mitten im Zimmer stehen. Sie steht da, hilflos weit von allen Möbeln entfernt, und zittert.

»Hilfe, helft mir«, weint sie. Sie hält sich die Hand vor den Mund und sieht aus, als bräuchte sie einen Stuhl oder meinen Vater oder sonst eine Stütze.

»Es rauscht«, stammelt sie hinter der Hand.

Mein Vater geht zu ihr, und gerade als er sie in den Arm nimmt, macht es in Krista *platsch*.

13

Mal kommt der Weltuntergang, mal bricht schlagartig das Paradies aus. Mal stirbt jemand so unbemerkt, dass man es gar nicht kapiert. Vielleicht versucht so eine Person dann, als Gespenst wiederzukehren und seine unfertigen Geschichten weiterzuerzählen. Obwohl sie eigentlich einfach nur fortgehen sollte. Am Straßenrand aussteigen und das Auto davonfahren lassen. Sich in Schwarz-Weiß verwandeln. Kleiner werden und die Zeitform ändern.

Vielleicht sind die Schlüsse in unserer Familie nie gut. Vielleicht mögen wir deshalb Poirot. Poirot hätte die Renovierungen bestimmt fertig gemacht, die Gutenachtgeschichten zu Ende gelesen, Tante Marshmallow besucht und jeden Tod richtig erklärt. In seinen Geschichten ist nichts überflüssig, und er muss nicht erst in seine Kleider hineinwachsen. Er hätte einen Brief geschrieben und in einem geeigneten, einfachen Versteck deponiert.

Poirot war immer elegant und tipptopp. Er hatte eine Frage und kannte die Antwort, seine Schultern renkten sich nicht aus, und die Zehen fielen ihm nicht von den Füßen.

Aber wir stehen nur da. Schauen und warten. Aus Krista läuft Meerwasser heraus. Mein Vater streicht über die morsche Wand, die Kaffeemaschine gluckert.

Ruft uns jemand in die Bibliothek? Rahmt das hier jemand golden ein? Oder genügt es, wenn der Arzt mit einem kräftigen Ruck zieht, und dann bewegen sich die Finger wieder?

Die Welt geht weiter. Nichts ist klar, aber die Zeit heilt alle Wunden, und der Mensch vergisst. Beim Gespenst werden die Batterien leer. Dinge passieren. Gleichzeitig, zur falschen Zeit, zu verschiedenen Zeiten, an den falschen Orten. Die Engel bestimmen nichts. Denn immer gibt es jemanden, der vergisst, die Nachrichten zu hören, der hinschaut, obwohl er es nicht soll, und der an der falschen Stelle steht.

Und wenn sie nicht gestorben sind, dann leben sie noch heute.

Dank

An den Finnischen Literaturfonds, die Laila-Hirvisaari-Stiftung sowie das Kunstförderungszentrum.
An Jussi Valtonen, Kati Kaartinen und Outi Ahava.
An Alex.

Zitatnachweise

Lewis Carroll: Alice im Wunderland, übersetzt von Antonie Zimmermann.
Die Märchen der Brüder Grimm.
Heinrich Hoffmann: Der Struwwelpeter.

»Ein finnischer Sommer,
cool und warmherzig zugleich.«

Süddeutsche Zeitung

Sommer 1972 in der finnischen Provinz: Als sein Vater erkrankt, muss der 17-jährige Erzähler von einem Tag auf den anderen die Kindheit hinter sich lassen und die Ferienmonate auf dem Bau verbringen. Zwischen den erwachsenen und nicht selten verschrobenen Männern taucht er ein in eine völlig neue Welt. Und in den langen und hellen skandinavischen Nächten erscheinen bald auch die Frauen in einem ganz anderen Licht.

Olli Jalonen
Von Männern und Menschen
Roman
Aus dem Finnischen von Stefan Moster
544 Seiten, gebunden mit Schutzumschlag und Lesebändchen
€ 24,– [D]
ISBN 978-3-86648-241-8

»Ein finnischer Sommer,
cool und warmherzig zugleich.«

Süddeutsche Zeitung

Sommer 1972 in der finnischen Provinz: Als sein Vater erkrankt, muss der 17-jährige Erzähler von einem Tag auf den anderen die Kindheit hinter sich lassen und die Ferienmonate auf dem Bau verbringen. Zwischen den erwachsenen und nicht selten verschrobenen Männern taucht er ein in eine völlig neue Welt. Und in den langen und hellen skandinavischen Nächten erscheinen bald auch die Frauen in einem ganz anderen Licht.

Olli Jalonen
Von Männern und Menschen
Roman
Aus dem Finnischen von Stefan Moster
544 Seiten, gebunden
mit Schutzumschlag und Lesebändchen
€ 24,– [D]
ISBN 978-3-86648-241-8